일상에서 로그아웃

일상에서 로그아웃

펴 낸 날   2022년 12월 26일

지 은 이   권선욱, 김정숙, 김현정, 남수연, 박삼, 신기혜, 이린, 이승화, 임복재, 전비안, 조용선, 진정
진   행   후마니타스연구소 송현숙, 최희주
감   수   채지형
표지 일러스트   남수연
펴 낸 이   이기성
편집팀장   이윤숙
기획편집   이지희, 윤가영, 서해주
표지디자인   이지희
책임마케팅   강보현, 김성욱
펴 낸 곳   도서출판 생각나눔
출판등록   제 2018-000288호
주   소   서울 잔다리로7안길 22, 태성빌딩 3층
전   화   02-325-5100
팩   스   02-325-5101
홈페이지   www.생각나눔.kr
이 메 일   bookmain@think-book.com

- 책값은 표지 뒷면에 표기되어 있습니다.
  ISBN 979-11-7048-494-3(03810)

우연을 따라 하루를 걷다

일상에서 로그아웃

후마니타스연구소 기획

권선욱 김정숙 김현정 남수연 박삼 신기혜
이린 이승화 임복재 전비안 조용선 진정

생각나눔

목차

• 여행기를 내며　　6

1부. 잔잔하게 묵호

2부. 뜻밖의 대한민국

3부. 놀라운 지구촌

12人의 작가 소개

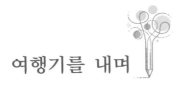

여행기를 내며

서평은 꽤 썼지만, 책 머리에 들어가는 글은 처음이다.

'책 한번 만들어 보면 좋겠다, 글쓰기도 배우고 책도 함께 내면 좋잖아….'

앞뒤 안 잰 돌발 결정. 후마니타스 연구소장으로 온 지 몇 달 만에 내린, 무식해서 용감했던 결정이었다. 결과적으론 올해 했던 일 중 손꼽히는 잘한 일이라 생각한다.

마법 같은 7주였다.

세대와 성별, 살아온 길과 삶의 터전, 각자의 상황은 달랐지만, 여행을 사랑하는 마음, 공동 저자라는 한마음으로 서로의 글쓰기를 응원하고 격려했다. 채지형 작가의 책방 '잔잔하게'가 있는 강원도 묵호로의 여행은 이번 강좌의 하이라이트였다. 인천에서 제주까지 전국 각지에서 모인 참여자들이 같은 장소를 서로 다른 시선으로 본 경험은 이채로웠다. 여러 빛깔의 자유 주제의 글들이 막바지 퇴고를 거쳐 '우리들의 여행기'로 탄생했다. 팔딱팔딱 뛰는 아이디어들 속에서 제목을 결정한 과정, 묵호에서 찍은 단체 사진이 남수연 선생님의 재능기부로 순식간에

책 표지를 장식하게 된 과정도 아름답고 잔잔하게 가슴 속에 남은 기억
이다.

　다양한 재능과 열정으로 한 명 한 명 빛나는 작가들과 함께한 시간
은 행운이었다. 훗날 훌륭한 작가 탄생으로 이 여행기의 '역주행'을 살
짝 기대해 본다. 최고의 강사, 채지형 작가와 필요한 곳마다 꼼꼼한 손
길을 더해 준 후마니타스연구소 최희주 차장에게 무한 감사를 전한다.
채 작가는 여행 글쓰기의 테크닉뿐 아니라 여행자의 넓은 품과 따뜻한
시선을 가르쳐 줬고, 생소했던 묵호를 언제든 다시 가고 싶은 마음속
고향으로 만들어 놨다. 시행착오로 계속 번복되는 상황 속에서도 불평
없이 멋진 책을 만들어 준 출판사에도 감사를 전한다.

　이 짧은 시구 이상의 적절한 표현이 없을 것 같다.
"주여, 때가 되었습니다. 여름은 아주 위대했습니다."
짧고 굵었던 7주, 잊을 수 없는 2022년 여름.

2022년 12월
마음 가득 축하를 담아, 『경향신문』 후마니타스연구소장 송현숙

일상에서 로그아웃

1부.

잔잔하게 묵호

다닥다닥 산꼭대기에 피어나는 꿈

전비안

다닥다닥 붙어있는 비탈길 마을

땡볕을 피해 갈매기도 숨은 한낮, 항구 전망대에 올랐다. 맑고 푸른 바다와 자유롭게 드나드는 선착장, 비탈에 다닥다닥 붙은 산꼭대기 마을이 한눈에 들어왔다. 바다 한가운데 이웃 나라 화물선이

띄엄띄엄 떠있었다. 새벽에 출항한 부두의 빈자리는 몇 척의 작은 어선들이 채웠다. 물양장 입구에는 꿰매다 만 그물들이 뙤약볕에 누그러졌다. 활어를 실어 나르던 손수레는 4열 종대로 나란히 서서 한 치 오차도 없었다. 논골 마을 산꼭대기엔 불탄 숲과 뼈대만 남은 콘크리트 건물이 동해안 산불의 상처를 드러냈다.

오징어와 명태, 노가리로 물 마를 날 없던 예전 묵호 모습은 아니었다. 부두엔 물 자국 하나 없이 뽀송뽀송했다. 비린내 가득하던 활기찬 옛날은 사라지고 일상이 멈춘 듯 한가했다. 하얀색 벽과 파란색 지붕, 햇볕 강렬한 산토리니섬 꼭대기에 서있는 착각마저 들었다. 오징어로 넘쳐났던 옛 묵호항 사진을 감상하다 또 다른 얼굴로 용트림하는 곳으로 시선을 옮겼다.

전망대 엘리베이터를 타고 내려왔다. 손으로 찢어 붙인 박스에 매직으로 쓴 글씨가 보였다. "박스 가져가지 마세요". 눈을 의심하고 다시 한 번 확인했다. 읽은 그대로였다. 구석엔 정리된 박스 몇 개가 얌전히 누워있었다. 잘나가던 시절, 동네 멍멍이도 만 원짜리 지폐를 물고 다니던 찬란했던 묵호. 넘쳐났던 인심은 사라지고 삶은 팍팍하게 바뀌었다.

항구 주변 수변공원 거리엔 오가는 관광객으로 붐볐다. 식후경을 위해 식당 문을 열었지만, 빈자리가 없었다. 횟집 밖엔 기다리는 사람들이 많았다. 식당 계단을 오르다 포기했다. 땡볕에 몇 군데를 더 다니다 땀으로 범벅되어 승용차로 돌아왔다. 도로를 따라 들어왔던 길로 다시

나가며 간판을 살폈다. 시장 부근에 있는 '장터 생선구이'가 눈에 띄었다. 시장 건물을 한 바퀴 돌아 농협 주차장에 차를 세웠다. 맞은편 생선구이 집으로 걸어가며 시장 구경까지 하는 덤이 생겼다. 시골 아주머니에게서 상추, 호박, 찐 옥수수를 샀다.

등대오름길에서 만난 어린 동생

7월의 태양은 구름 속에서 식을 줄 몰랐다. 한 발짝 옮길 때마다 땀이 매달렸다. 논골 마을 지도를 펼쳤다. 네 갈래 논골 길은 1, 2, 3길이 있다. 등대오름길은 숫자가 없는 독립된 길이다. 논골 마을에서 바다를 보며 걷는 등대오름길을 선택했다. 바다 쪽에서 올라가며 답사를 시작했다.

등대오름길

바닥에 표시된 노란색 방향으로 올라갔다. 빗줄기는 한 방울 두 방울 티셔츠에 흔적을 남겼다. 우산 없이 걸었다. 비 맞으며 여름 운치를 즐기고 싶었다. 길 오른편에 벽이 좁고 지붕이 낮은 집 한 채가 나타났다. 넓은 지붕에 좁은 벽면, 어디를 봐도 비율이 어색했다. 도로포장이 덧입혀져 벽면은 줄었기 때문이다. 벽화에는 연탄 가게, 이용소, 고기잡이 도구를 파는 선구점, 맞춤옷 전문 라사점 그림이 있어 뿌듯했다. 바닷물에 절고 진흙탕에 빠지는 힘든 일상에도 자존심을 지켜주는 가게를 보고 논 골에서 삶을 공감했다.

올라갈수록 가파른 계단이었다. 난간을 붙잡고 숨을 골랐다. 풍어의 시절 오징어를 이고 지고 오르던 언덕이다. 고무 대야와 지게에서 출렁거리던 물이 넘쳐 붉은 진흙이 질퍽한 논바닥처럼 바뀌었다 하여 붙여진 이름 논골. 빠진 발을 꺼내지 못해 휘청거리고 진흙밭에 넘어져도 이를 악물고 살았다. 그 시절 마누라와 남편 없이 살 수 있어도 장화 없이는 살 수 없었다는 이야기를 벽화에 걸린 장화가 알려줬다. 하루에 수십 번 오르내리던 고단한 삶. 가쁜 숨 참아가며 기어오르던 우리 부모님들 마음속엔 자식뿐이었다. 힘겨운 삶이 대물림될까 욕지기가 올라와도 악착같이 버티며 억세게 살아냈던 부모님 모습이 필름처럼 스쳐 갔다.

어깨를 틀어 꼭대기를 향해 발걸음을 옮겼다. 등대오름길 정상에 도착할 즈음 화들짝 놀랐다. 작고 허름한 재래식 화장실에 쪼그리고 앉은 금동조각상 때문이다. 작품 제목은 '똥 누는 아이'. 분명 아인데 얼굴은 어른 모습이었다. 나도 모르게 미소가 올라왔다. 바지를 내린 채 똥 누는 모습을 실감 나게 표현한 작

똥누는 아이

품을 보고 아스라이 기억이 떠올랐다. 등을 돌려 문 앞에 기대어 서서 똥 누는 아이와 같은 방향으로 바라보았다. 눈을 감았다. 똥 누는 아이가 내 손을 잡고 숲으로 데리고 갔다.

병마에 시달리던 아버지가 하늘 길 떠났을 때 남동생은 일곱 살이었다. 남겨진 유산은 가난이 전부였다. 고달픈 엄마는 하루 벌이로 새벽 일터에 나갔다. 장날이 돌아오면 명태포와 마른오징어 보따리를 이고 이웃 소도시에 가서 팔았다. 늦도록 돌아오지 않는 엄마를 동생과 마중 나갔다. 어두운 버스 종점에 우두커니 앉아 기다렸다. 마지막 시내 버스에 엄마가 보이면 뛸 듯이 기뻤다. 엄마가 늦게 와도 보채지 않았다. 다만, 고생하는 엄마가 우릴 버리고 돌아오지 않을까 봐 불안했다. 한 번도 그런 일은 없었다. 엄마 손잡고 동생과 집으로 돌아갈 때면 세상을 다 가진 것처럼 행복했다.

이사를 자주 다녔다. 동생은 이사 가기 싫다며 떼를 쓰며 울곤 했다. 6개월 살았던 달동네 기억은 트라우마로 남았다. 공동 화장실이 있던 마을이었다. 논골처럼 비탈지지 않았지만, 평지에 등을 맞대고 앞뒤로 다닥다닥 붙은 집이었다. 화장실은 여섯 칸이었다. 나무판자 사이로 빈틈이 많았다. 밖에 지나가는 사람이 보였다. 깊이가 문제였다. 많은 주민이 사용하는 화장실은 족히 3m는 되었다. 동생은 문을 열어놓은 채 볼일을 보았다. 난 문 앞에 앉아 꼼짝하지 않고 동생을 지켰다. 발을 헛디디면 떨어질까 바들바들 떨며 칸막이를 짚고 화장실 밖으로 나왔다.

일곱 살 난 아이한테는 두렵고 무서운 공간이었다. 동생은 어른이 된 지금도 지옥 체험이라고 말했다. 그때 똥 누던 아이가 중년이 되었다.

낮은 대문에서 울려 퍼지는 아이 웃음소리

짧게 지나가는 여름 빗줄기는 금세 가늘어졌다. 동네 마트 처마 밑에 앉아 물을 마셨다. 동네 할아버지께서 친구들과 담소를 나누다 눈이 마주쳤다. 땀범벅이 된 여행자가 안쓰러워 보였는지 손짓했다. 여행자를 위해 앉아있던 의자를 기꺼이 내어줬다. 오래된 미래를 만났다. 북적였던 논골 마을에서 지금까지 사는 산증인 같았다. 식지 않은 인심에 마음이 푸근했다. 배낭을 멘 여행자들이 길을 찾아 기웃거렸다.

논골은 쉽게 방향을 찾을 수 있도록 길마다 노면에 색깔로 표시해 놓았다. 보라색 1길, 파란색 2길, 자주색 3길, 등대오름길은 노란색이다. 여행자를 위한 배려가 느껴졌다. 자주색 3길로 접어들었다. 언덕 초입에 작은 교회가 자리했다. 바다에 나간 남편을 위해 매일 남몰래 찾아와 간절하게 기도했을 가족이 떠올랐다. 바람의 언덕에 서서 어린아이 등에 업고 큰아이 손잡고 바다를 바라보며 드나들었을 예배당. 다른 곳에선 몰라도 이곳의 모든 신은 한데 모여 약속하지 않았을까. '논골 주민 기도는 다 들어줍니다.'라고 말이다.

골목길보다 아랫집 지붕이 낮았다. 비탈진 곳의 집들은 지붕 끝이 맞닿아 비좁은 골목길을 만들었다. 밑에서 올라오는 사람과 맞닥뜨리면 난감할 일이었다. 논골 3길은 다른 곳에 비해 예전 모습이 많이 남아있는 골목이다. 한 평도 안 되는 떼기밭에는 가지, 고추, 방울토마토가 올망졸망 달렸다. 여름 서민들 채소가 풍요롭게 밭을 채웠다. 소박한 공간에서 서로를 휘감고 올라가는 포도 넝쿨에는 포도알이 명품처럼 영글고 있었다.

담벼락과 봉숭아꽃

함석지붕을 끼고 골목 왼쪽으로 내려왔다. 귀퉁이 텃밭이 내 눈길을 사로잡았다. 앙증맞게 작은 밭이었다. 양팔 간격보다 좁았다. 나무를 얇게 잘라 두 개의 네모 칸막이로 만들었다. 귀퉁이에 파 모종이 한군데 모여있었다. 풀 한 포기 없는 고동색 흙을 보며 주인의 깔끔한 성격을 짐작했다. 담벼락과 앞뒷집 경계는 시멘트로 발라놓았다. 급경사 언덕에 비가 내리면 아래로 쓸려가 흙이 귀했다. 빨강, 분홍, 하얀색 봉숭아꽃이 외갓집에 온 듯 정겨웠다. 알록달록 꽃을 따서 손톱에 붉게 물들이면 나쁜 액을 물리친다는 속담이 텃밭과 화분에서 부적처럼 서있었다.

모퉁이를 돌아서니 탁 트인 공간이 기다렸다. 어디선가 아이 웃음소리가 들려왔다. 언덕을 내려오는 동안 마을 주민은 만나지 못했다. 웃음소리가 들리는 곳으로 귀 기울였다. 허리만큼 낮은 하얀 대문 앞으로 다가갔다. 바람을 불어 넣은 미니 풀장에서 어린아이가 물놀이에 신이 났다. 아이는 엎드려 물장구를 치다 손으로 물을 첨벙이며 놀았다. 손자가 튕긴 물을 흠뻑 맞으면서도 할아버지는 즐거운 표정이었다. 손자에게 친구가 돼준 할아버지 얼굴이 도라지꽃처럼 밝았다.

화려하게 부활하는 추억의 사원, 묵호

3길과 연결된 2길을 따라 다시 주차장으로 나왔다. 바로 앞에 하얀 등대가 보였다. 논골담길의 마지막 종착지다. 등대 안쪽 계단으로 빙글빙글 돌아 전망대에 올랐다. 끝없이 펼쳐진 시원한 수평선, 땀 흘리며 걸었던 하루, 보상받는 기분이었다. 피로가 사라졌다. 묵호 등대는 1963년 6월 8일 처음으로 불빛을 밝혔다. 해무 가득한 바다에서 길을 잃었을 때, 사고로 조난당했을 때 항구가 있는 쪽을 가리키는 등대 불빛은 구세주 같은 안내자이다. 48km 밖에서도 등대의 불빛을 볼 수 있다. 등대 높이는 26m이지만, 해발 93m 언덕에 있어 더 웅장해 보인다.

거친 파도와 싸우며 잡은 물고기를 힘들게 이고 지고 올라야 했던 논골 길. 고생스러웠지만, 마음은 부자였다. 잘나가던 시절은 사라졌지만, 묵호 등대 불빛은 또 다른 곳을 비추며 타오른다. 허물고 파헤치고 다시 짓는 새로운 마을이 아니다. 다닥다닥 집마다 불 밝히는 예전 모습과 새로운 관광 트렌드가 공존할 때 묵호는 빛난다. 논골을 걷다 보면 분위기로 옛날을 기억한다. 익숙한 동네에서 부모님을 만나고 7번 국도 따라 모여들던 뱃사람 이야기로 다시 묵호는 북적인다.

길은 아름답다. 네 갈래 길, 막다른 길, 가파른 길, 에움길은 지나온 삶과 닮았다. 지름길과 꽃길만 걸었다면 삶이 단조로웠을 것이다. 오르막과 내리막을 경험했던 지난날의 공간은 살아가면서 추억이 되는 피난처다. 삶에 지칠 때 파도 소리, 바다 향기, 어머니 체취 물씬 풍기는 논골담길로 오라. 다시 가슴 뛰는 희망이 솟구칠 것이다. 붉게 솟아오른 아침 해가 논골을 달군다. The end.

아이도, 어른도 취향저격 동해여행

이승화

"엄마, 나 여기 갈래."

모처럼 동해를 찾은 가족 여행이었다. 기괴한 암석과 눈부신 해변이 만든 절경을 감상할 생각이었는데, 지도를 보던 일곱 살 첫째의 한마디에 행선지가 뜬금없이 황금박쥐동굴로 바뀌었다. 자식 이기는 부모 없다고, 목적지를 변경했다.

겸손함을 배운 천곡황금박쥐동굴

학교와 주거단지가 즐비한 어느 지점에서 내비게이션이 멈췄다. 도심 속 동굴이라 근처 어린이집 원아들이 종종 산책 나온다더니 정말인가 싶었다. 차에서 내리니 후덥지근한 공기가 훅 느껴졌다. 땀이 나면서 불쾌지수가 올라갈 듯 말 듯 한 상태에서 동굴 입구에 도착했다. 안내원은 동굴 앞에서 안전모를 쓰도록 도와줬다. 머리 모양이 망가질 것이

뻔한데, 이런 형식적인 안전모를 굳이 써야 할까 싶었지만, 규정이니 못마땅한 마음을 숨기고 착용했다.

전체 동굴은 1,510m지만, 이 중 810m만 들어갈 수 있었다. 계단을 몇 걸음 내려가니 긴팔 옷이 없었으면 어떡했을까 싶을 만큼 으슬으슬했다. "동굴 내부 14도"라고 쓰인 리플릿이 떠올랐다. 마침 강원도에 폭염 주의보가 내렸는데, 급격한 온도 차에 냉방병이 걱정될 정도였다.

"완전 자연 에어컨이네. 전기세 안 나와서 좋다."

자연이 만들어낸 진귀한 예술작품.
박쥐동굴종유석

더위를 많이 타는 남편이 기분 좋게 말했다. 에어컨 자꾸 튼다고 눈치를 너무 줬나 싶어 조금 미안했지만, 전기세는 아껴야 하니 못 들은 척했다. 이승굴 앞에는 노약자 우회로가 있었다. 도대체 길이 얼마나 험하길래 우회로까지 있는 걸까? 네 살짜리 둘째 때문에 잠시 망설이다 이왕 온 거 가보자 싶어 이승굴로 향했다. 이어진 계단은 좁고 가팔라 위험해 보였다. 아이들을 중간에 일렬로 세우고, 한 명씩 아래로 내려가게 했다. 키가 90cm인 둘째만 빼고는 모두 등과 목을 한껏 접어야 했다.

천곡황금박쥐동굴은 석회암과 빗물이 만나서 형성되는 카르스트 지형을 잘 보여줬다. 지상에는 '돌리네'라고 불리는 움푹 파진 지형이 있고, 석회 동굴 속에는 종유석과 석순, 그리고 둘이 만나서 만들어진 석주들이 즐비했다. 아이들은 카르스트 지형과 카스텔라를 자꾸 헷갈려 하면서도 이름을 외우려고 노력했다. 체험 교육이 이래서 중요한가 보다. 우리는 이승굴을 지나 이름도 무시무시한 저승굴로 향했다.

"탁!"

갑자기 앞에서 둔탁한 소리가 들렸다. 황급히 쳐다보니 남편이 놀란 얼굴로 머리를 만지고 있었다. 커다란 종유석에 머리를 부딪친 것이다. 동굴이 넓지 않아 길도 좁고 천정도 낮은 탓에 조금만 부주의해도 충돌이 일어나는 곳이었다. 그런데 갈수록 쉽지 않은 구간이 많아졌고, 급기야 키 작은 나조차도 허리를 숙여 기다시피 가야 했다.

"쿵", "아야!", "콩", "앗!", "딱", "엄마야!"

안전모를 의례적이라고 생각했던 내가 부끄러워졌다. 하마터면 머리 모양이 망가지는 게 아니라 머리가 망가질 뻔했다. 저승굴에서 빠져나오기 위해 우리는 머리를 숙이고 바짝 엎드렸다. 이승이든, 저승이든 겸손함이 중요하다는 걸 배운 시간이었다.

"그런데 황금박쥐는 어디 있는 거야?"

험한 동굴 상황 때문에 잠시 우리가 잊고 있던 목적을 아이가 환기시켜 주었다. 오래전 여행 했던 발리의 박쥐동굴에는 천장 가득 박쥐가 매달려 있어서 징그럽기도 하고, 놀랍기도 했었다. 그런데 여긴 박쥐가 한 마리도 보이지 않았다. 황금박쥐를 찾는 아이의 마음을 아는지 모르는지, 두 눈 부릅뜨고 둘러봐도 박쥐는 보이지 않았다.

"박쥐요? 20마리쯤 있는데, 야행성이라 낮엔 없죠. 밤에 있지."

밖으로 나오자마자 안내원에게 물었더니, 박쥐가 없는 게 당연하다는 듯이 답변했다. 명색이 황금박쥐동굴인데, 다들 박쥐는 못 보고 동굴만 즐기다 가나보다. 황금박쥐는 바로 옆 매점에서 피젯스피너 장난감으로 만날 수 있었다. 아이는 박쥐를 데려가고 싶어 했지만, 나는 가격을 슬쩍 보았기에 얼른 아이를 다음 장소로 이동시켰다.

쇠락을 번영으로 무릉별유천지

다음으로 도착한 곳은 무릉계곡 근처의 무릉별유천지였다. 쌍용양회가 40년간의 시멘트 채취를 끝내고, 시민의 품으로 자연을 돌려주기 위해 유원지를 조성했다고 한다. 에메랄드 빛깔 호수와 라벤더 꽃밭의 색상대비가 너무 아름답다는 평을 많이 봐서 꼭 가보고 싶었다. 스위스 만년설이 녹아 아찔하게 차갑던 그 에메랄드 빛깔을 한국에서도 볼 수 있다니 너무 궁금했다.

"스위스 물은 먹어도 되지만, 여기는 먹으면 죽어."

낭만을 깨뜨리는 남편이다. 연애할 때는 나름 낭만적이었던 거 같은데, 역시 결혼은 현실인가 보다. 무릉별유천지는 풍경도 아름답지만, 네

가지의 재미있는 액티비티도 즐길 수 있어서 인기가 많다. 4명이 함께 탈 수 있는 스카이글라이더, 코스가 곡선인 짚라인, 흙길을 달리는 오프로드 루지, 그리고 레일 위에서 중력 하강하는 알파인코스터가 있다. 알파인코스터는 부모 동반으로 아이도 탈 수 있기에 태워주고 싶었다.

무릉별유천지에 도착하니 실눈 같은 비가 바람에 날렸다. 입구에는 우천으로 액티비티가 모두 중단되었다는 안내문이 걸려있었다. 동해는 높은 산이 많아 구름이 산에 걸리면 비가 종종 온다는데, 하필 이 타이밍에 비가 오다니 참으로 가는 날이 장날이다. 그래도 아이들이 좋아하는 바퀴 달린 순환기차 셔틀이 있어서 즐거운 마음으로 기차에 올랐다. 셔틀이 덜컹거리며 채석장 정거장으로 출발했다. 살짝 날리는 빗방울이 미스트를 뿌려주는 것 같아 시원했다.

차창 너머로 에메랄드빛 호수가 펼쳐졌다. 호수는 출입금지이며, 안내문에 따르면 생활용수로 사용이 가능한 수준은 된다고 한다. 7월 말이라 그런지 아쉽게도 보랏빛 라벤더는 이미 지고 없었다. 하지만 초록빛과 연두색의 초목이 어우러져 다양한 녹색을 보는 재미가 있었다. 에메랄드 호수와 각종 푸른빛, 그리고 산 위에 걸린 하얀 구름까지 한눈에 담으면, 교과서에서 보던 백두산 천지의 컬러판 사진과 비슷한 느낌이 났다.

채석장 정거장에 내리자마자 눈에 띄는 건 바퀴가 어른보다도 큰 몬스터트럭이었다. 실제 운행했던 몬스터트럭을 야외에 전시해 놓았는데,

생각보다 더 거대했다. 큰애는 이 트럭의 바퀴는 네 개처럼 보이지만 실제 여덟 개라며 책에 서 본 지식을 뽐내며 으쓱거렸다. 아이에게 몬스터 트럭에 대한 설명을 한참 듣고, 사진을 여러 장 찍어준 후에야 맞은편 채석장 건물로 들어갈 수 있었다.

건물 안에는 평범한 마을이 산업화 시기에 시멘트 광산으로 개발되어 국내 건설에 이바지했었다는 내용의 사진전을 하고 있었다. 산업 역군으로 일하신 수많은 아버지의 발자취를 보니 마음이 아릿했다. 고마움이 벅차오르고 눈시울이 붉어졌다. 살짝 눈을 감으니 천둥 같은 발파 소리, 원석을 파쇄하는 기계 소리, 그리고 긴 수송로에서 컨베이어벨트가 쉼 없이 돌아가는 소리가 들리는 듯했다.

"엄마, 더워. 시멘트 아이스크림 사준다며."

눈과 입이 즐거워지는
무릉별유천지의 시멘트아이스크림

SNS에 자주 보이는 무릉별유천지의 명물은 시멘트 아이스크림이다. 쌍용시멘트의 로고를 넣어 옛날 포장지 느낌이 나도록 제작한 종이컵에 진회색의 소프트아이스크림을 올린다. 살짝 구운 마시멜로가 한가운데에 콕 박혀있고, 삽 모양 까만 숟

가락이 비스듬히 꽂혀있다. 너무 앙증맞은 흑임자 아이스크림이다. 시원한 맛이야 말할 것도 없고, 눈요기까지 확실하니 무릉도원이 따로 없다. 아이스크림을 먹으며 통유리 너머를 보니, 전성기가 지난 시멘트 산도 우리 가족처럼 쉬고 있었다.

누군가는 이를 두고 쇠락이라 할지도 모른다. 한참 화려하게 일하던 시기가 지났으니 말이다. 하지만 내게는 또 다른 번영으로 보였다. 동해의 일터였던 시멘트 산은 이제 다음 세대의 놀이터로 변했다. 배고픈 시절 노동자들이 아닌 풍족한 시대 관광객으로 구성이 바뀌었을 뿐이다. 강산이 변한 모습을 보러 무릉별유천지를 찾는 발길은 계속 이어질 것이다.

도째비골과 작별인사

점심을 제대로 먹지 못한 터라 동해에서 저녁을 먹고 서울로 출발하기로 했다. 음식점들이 문을 빨리 닫아서 겨우 7시인데도 밥집을 찾기 어려웠다. 묵호에 사는 여행 작가에게 SOS를 쳤더니, 가성비 좋고 반찬이 많이 나와 아이들과 가기에 괜찮은 횟집을 알려주었다. 그곳에서 큰 애는 알밥을 두 그릇이나 먹었고, 처음으로 오징어 회에 도전해 새로운 맛을 알아갔다. 현지인의 추천은 언제나 옳다. 배부르게 먹고 나오니 바로 앞에 있는 도째비골이 눈에 들어왔다. 금강산도 식후경이다.

도째비골은 도깨비 골짜기를 뜻하는 방언이다. 예전에 사람이 죽으면

버릴 곳이 마땅치 않아 시체를 이 골짜기에 버렸다고 한다. 시신이 부패하면서 나오는 인 성분 때문에 밤에 종종 불빛이 일렁여서 도깨비골로 불리게 되었다. 도깨비골에는 바다 위의 해랑 전망대와 산 위의 스카이밸리 전망대가 있어서 동해의 풍경을 감상할 수 있다.

근처 방파제에서는 연인들이 폭죽놀이를 하고 있었다. '팡'하고 불꽃을 쏘아 올리면 까만 밤하늘 위에 빨간색, 노란색, 흰색, 초록색 불꽃이 아름답게 피어올랐다가 가루처럼 흩어져 내렸다. 동해 밤바다에서 사랑을 맹세하는 연인들의 속삭임이 느껴졌다. 잠시 말을 멈추고, 별처럼 반짝이는 불꽃을 쳐다보았다.

"와! 얘들아, 저기 불꽃 좀 봐. 너무 이쁘지?"

"쯧쯧, 공공장소에서 불꽃놀이 저거 다 불법이야."

남편은 끝까지 낭만이 없었지만, 틀린 말은 아니라서 반박하기 어려웠다. 아이들에게 공공장소에서 폭죽놀이를 하면 안 된다는 상식을 알려주는 거로 불꽃놀이 관람은 멋없이 끝났다.

횟집에서 뽑아 온 믹스커피 한 잔을 들고 해랑 전망대를 걸었다. 해랑 전망대는 바닥 일부가 유리와 철망으로 되어있어 시원한 바람을 즐기며 바다 위를 산책하기 좋았다. 형형색색의 LED 덕분에 낮보다 밤이 더 예뻤다. 한낮의 불볕더위는 어디론가 사라지고, 바다 내음 섞인 바람이 살랑살랑 불어왔다. 바닷바람과 커피향이 기분 좋게 어우러졌다. 투명한 파도가 부서지는 소리에 청량감이 느껴졌다.

해랑 전망대의 중간에는 나무 모양의 조형물인 슈퍼트리가 있다. 마침 들어 온 LED 조명의 핑크빛이 신비로운 느낌을 자아내길래 사진을 찍어주려고 아이들을 앞에 세웠다. 아이들은 동해에 왔으니 바다에 맞는 포즈로 사진을 찍고 싶다며 꽃게, 말미잘, 해파리, 문어 등을 형상화한 해괴한 포즈로 팔다리를 마구 흔들어 댔다. 가만히 서있어 보라고 소리쳤지만 공허한 외침이었다. 예상했던 대로 제대로 찍힌 사진은 하나도 없었고, 웃음 가득했던 그 시간은 내 마음속에만 저장했다.

즐겁게 여행하고, 배부르게 먹고, 해랑 전망대를 망아지처럼 뛰어다니는 아이들을 보고 있으니 이런 게 행복이구나 하는 생각이 들었다. 저절로 눈웃음이 하회탈처럼 그려졌다. 믹스커피는 서울까지 밤 운전을 해도 무리 없을 만큼 달콤했고, 도째비골의 여름밤도 달았다.

해랑전망대를 떠나기 아쉬워하는 아이들의 뒷모습

나의 묵호 논골담길

김현정

"또 탔네?"

일주일 만에 만난 친구가 말했다. 상을 탔냐고? 아니다. 피부가 더 까매졌다는 얘기다. 올해 초 두 아이가 모두 대학에 진학했다. 때는 이때다! 혼자 이곳저곳 여행을 다녔다. 봄볕에 그을린 살갗이 여름 태양에 또 탔다. 마치 흰 티를 입은 것처럼 둥근 목선을 경계로 위아래 피부색이 달랐다.

햇볕이 따가운 7월 말 강원도 동해로 향했다. 칠말팔초 극성수기였다. 새벽부터 고속도로에는 차가 많았고, 휴게소는 사람으로 북적였다. 숙소를 구하기도 힘들었다. 하룻밤 자고 오려던 계획은 어쩔 수 없이 하루로 줄었다.

동해시는 바다와 계곡을 두루 즐길 수 있는 아름다운 도시다. 동으로는 동해가, 서로는 태백산맥이 펼쳐져 있다. 청옥산과 두타산은 높이가 1,200m가 넘는다. 여기서 동쪽으로 급경사를 이루는 곳이 무릉계곡이다. 촛대바위는 바다에서 떠오른 해와 함께 공영방송 애국가에 등장한다. 동해는 오징어와 명태잡이로도 유명했다. 환한 불빛이 검은 수평선 위로 무수히 떠있는 모습을 본 적이 있는데, 기억 속 오징어잡이 배 풍경은 오로라만큼이나 신비로웠다.

5년 전 처음으로 묵호를 만났다. 회색빛 바다에서 하얀 거품을 만드는 파도의 역동적인 모습에 반해 이곳에 살고 싶다고 생각했다. 어떤 이는 한 달 살기를 하다 아예 묵호에 터를 잡았다. 바다와 바람만으로 충분히 그런 마음이 들었을 것 같다.

묵호항 근처에는 논골마을이 있다. 좁고 가파른 오르막길 네 갈래 사이사이에, 오래된 집이 옹기종기 모여 앉았다. 논골 1길을 따라 언덕 꼭대기에 이르면 바다를 향해 우뚝 선 묵호 등대를 볼 수 있다. 논골은 오징어잡이로 번창하던 시절 붙여진 이름이다. 묵호항에서 오징어를 지고 덕장에 오르며 흘린 물 때문에 땅이 논바닥처럼 질어져서 '논골'이라고 불렀다. 마누라 없이는 살아도 장화 없인 못 산다는 말도 생겼다.

마을 주민들이 담장 곳곳에 자신의 삶을 그렸다. 논골담길에서 '담'은 논골 사람들과 나누는 대화를 뜻한다. 바람의 언덕 쪽에 '나포리 다방'이 있다. 차를 직접 내어주시는 김진자 시인의 시가 담벼락에 피었다. 묵호가 오롯이 담긴 시였다.

망부석으로 서 있는 묵호등대 / 그 불빛 아래엔 / 조갑지 만큼이나 숱한 사연이 / 못다 한 이야기로 담벼락에 피어나고 / 고봉밥처럼 넉넉하게 정을 나누며 / 바다바라기를 하는 사람들이 / 따개비처럼 다닥 붙어서 살고 있다.

　　　　　　　　　　　　　　　 － 김진자 「논골담화」 중에서 －

논골 2길은 공사 중이었다. 입구에 석재가 잔뜩 쌓였다. 경사로 한쪽에 레일이 설치되었고, 아저씨 두 명이 기기를 이용해 자재를 올려 보냈다. 묵호의 희망이던 오징어와 명태도 이제는 나무 지게로 나르지 않을 것이다. 60대로 보이는 아주머니 몇 분은 적갈색 고무 대야에 돌을 담아 머리에 이고 올라갔다. 이어달리기하듯 저만큼 가다 다음 사람에게 넘겼다. 옛날 할머니처럼 흰 수건을 둘렀다. 가파른 계단 때문에 숨을 고르고 있는데, 나를 지켜보던 아주머니가 동료에게 큰 소리로 물었다.

"니 그 젊었을 적에 저렇게 짧은 거 입어봤니?"

"아따 나는 더 짧게 입고 댕겼제!"

아무렇지 않은 표정으로 다 들릴 정도로 크게 말을 주고받았다. 너무 재미있었다. 내가 "아이고, 제 바지가 잘못했네요."라고 했더니, "이쁠 때 많이 입고 댕겨야 한다"며 손사래를 쳤다.

예닐곱 명의 인부는 모두 부산에서 왔다. 여행지에 주민과 여행자만 있는 것이 아니었다. 현장을 가꾸는 제3의 생활인도 있었다. 외지인끼리 한참 웃었다. 길 위에서 사람을 만나는 일을 음식에 비유하자면 엄마의 손맛과 같다. 여행이 더욱 맛깔스럽다.

논골 2길 끝에서 논골 1길과 만나는 목 좋은 곳에 기념품 가게가 있다. 지붕에 각목을 복잡하게 연결해 놓고 그 위에 집 모양의 나무 조각을 촘촘하게 얹었다. 안으로 들어서자 노란색 니트 모자를 쓴 남자가 상냥한 목소리로 반겼다. 사장으로 보이는 그 사람은 계산대 너머에 앉아 가는 붓으로 장신구에 색칠을 하고 있었다. 넓은 매장 안까지 작품이 가득했다. 전시장이 따로 없다. 묵호 바다가 연상되는 파란색 향초받침을 샀다.

"거기는 볼 거 없어요."

논골 3길 시작점을 묻는 내게 그가 대답했다. 볼 것 없으니 가지 말라는 얘기다. 현지인이 생각하는 볼거리는 무엇일까? 여행자가 보고 싶은 것과 다를까? 논골 1길과 등대오름길에는 사람이 많다. 카페와 기념품점이 있고, 바다가 보이기 때문이다. 다른 길에서는 무엇을 보게 될까?

논골 3길은 등대 앞 작은 슈퍼에서 시작했다. 길은 조금 울퉁불퉁했다. 어떤 집은 지붕이 주저앉아 속이 훤히 드러났다. 관광지에서 느껴지는 들뜬 분위기가 아니다. 텃밭을 가꾸는 허리 꼿꼿한 할아버지가 살고, 마당을 지키는 귀가 늘어진 리트리버가 있었다. 솟대 동산에서 벤치에 앉아 뻥 뚫린 하늘을 바라봤다. 눈앞의 산과 마을이 한 폭의 수

채화였다. 시멘트 바닥에서 감각적인 무늬를 찾았다. 골목으로 올라온 숨찬 바람에 땀을 식히며 논골 3길을 내려왔다.

논골담길은 그림만 있는 벽화마을이 아니다. 담화 마을이다. 담장에 그려진 것은 그림이 아니다. 묵호 사람들의 꿈이다. 길 끝에 다다르자 나는 또 여기에 살고 싶어졌다.

빛바랜 도시에 마음 홀리다

박삼

폭염이 기승을 부리던 7월 말, 설레는 마음으로 묵호행 열차를 탔다. 익숙하지 않은 도시로의 여행이 뜻하지 않은 기쁨을 줄 때가 있다. 묵호는 어떤 도시일까? 청량리에서 출발한 열차는 눈 깜짝할 사이 강원도 땅을 달렸다. 두 시간 만에 도착한 묵호, 강원도가 이토록 가까운 곳일 줄이야, 작고 아담한 역사가 정겹다.

도심을 걸었다. 세련되지 않은 도시는 시간이 멈춘 듯 조용하다. 서울에서 한 집 건너 하나씩 있는 커피숍도 여기는 흔하지 않다. 가끔 눈에 띄는 찻집은 그야말로 옛날식이다. 장발의 디제이가 레코드판을 틀고 있을 것 같다. 시장 입구에서 채소 다듬는 할머니의 흰 머리와 주름진 손에는 묵호의 이야기가 배어있을 것만 같았다. 익숙하지 않은 것은 어색했다, 날씨는 덥고 다리는 아파서 어디 쉴 곳을 찾았으나 다방으로 들어가는 데는 자꾸 망설여진다. 발길을 돌려 항구로 갔다. 개항(1941

년) 이래 30년간 최고 번영기를 누렸다는 묵호항. 어선과 화물선 수백 척이 드나들 때는 전국에서 몰려든 일꾼들로 발 디딜 틈이 없었다고 한다. 지나다니는 개마저 만 원짜리를 물고 다녔다는 우스갯소리가 있을 정도니 가히 짐작할만하다. 하지만 배 없는 항구는 초라했다. 어선 몇 척만이 옛 영화를 꿈꾸며 졸고 있다. 배가 떠나니 사람이 떠나고, 사람이 없으니 시간은 멈추었다. 묵호는 그렇게 조용한 도시였다.

논골마을에 올랐다. 생선을 지고 나를 때 떨어진 물이 논처럼 질척질척해서 이름 붙여졌단다. 얼마나 많은 생선을 지고 날랐을지 상상하기조차 어렵다. 마을은 항구 뒤 언덕 위에 자리했고, 넓은 바다가 한눈에 보이는 전망 좋은 동네다. 가파른 언덕에 빼곡히 들어선 집들은 그때 삶을 이해하는 데 어려움이 없었다. 옛집은 아담했다. 지붕은 낮고 대문에서 몇 발자국 거리에 작은방이 있다. 열심히 살았을 모습이 짐작된다. 마을 곳곳에는 빈 집터가 있었다. 누가 살았을까? 남편은 고기잡이 가고 부인은 항구에서 일했을까? 좁은 공간에서 오손도손 정 붙이며 살았을 것이다. 빈 집터에 자란 잡목이 쓸쓸해 보인다.

논골마을에는 '바람의 언덕'이라는 곳이 있다. 시간이 멈춘 도시는 소식도 느린가 보다. 바람의 언덕 빨간 우체통에 엽서를 보내면 1년 후에 받아볼 수 있단다. 속도 경쟁 시대에 기발한 발상이다. 나에게 편지를 썼다. 1년 후에나 받아볼 편지가 벌써 기다려진다. 바람의 언덕에는 등대가 있다. 육십 년을 한자리에 서 있는 등대는 도시의 흥망성쇠를 다 보았을 테지만 아무 말 없이 바다만 바라보고 있다. 등대처럼 꼿꼿이 서서 바다를 바라보았다. 먼 파도가 하얀 거품을 끝없이 만들었고, 파도를 업고 달려온 바람이 '묵호', 두 글자를 가슴에 새겼다. 「바람이 불어오는 곳」을 흥얼거리며 묵호역으로 향했다. 잔잔한 바다, 조용한 도시가 그리울 때 살며시 다녀갈 것이다.

코로나에 참신한 여행 상품이 떴다. 무착륙 관광 비행. 국제선 비행기에 탑승하여 착륙은 하지 않고 하늘만 돌다가 출발 공항으로 돌아온다. 회항인 셈이다. 이 상품이 항공사마다 1년 넘게 성업했단다. 느낌만 주는 여행이 말이다. 그럼 대체 여행이란 무엇이었던가?

여행의 조건

신기혜

구글에 'Mukho'를 입력했다. 낯선 언어를 혀 안에 굴리니 일상의 경계를 넘었다는 감각에 실실 웃음이 난다. '묵. 호우! 먹코우! 오우-예!' 지명을 담은 검색 결과가 많지 않다. 희귀한 여행지 느낌이다. 심상을 파괴할 스타벅스가 있는지 찾아보았으나 없다. 만족했다. 위키피디아에 따르면 37년, 한국관광공사에 따르면 41년에 개항했다는(다행히 나는 숫자 차이에 스트레스받지 않는다.) Mukho Port는 동해에서 가장 활발한, the most prolific 무역항이었다(모르는 단어가 여행에 필요한 아드레날린을 분사시켰다). 시간이 흘러, with the steady change, 이제는 도매 어시장과 갓 잡은 활어 좌판을 볼 수 있고, 건어물도 있다. Dried fish are also available. 어베일어블. 여행을 시작하기에 얼마나 적합한 단어인가! 여행은 어베일어블의 집합체다. 시간도 어베일어블 해야 하고(나처럼), 티켓도 어베일어블 해야 하고(오늘처럼), 화장실도 어베일어블 해야(내 집처럼) 가능하다. 그런데 건어물마저 어베일어블 하다니 내 마음도 어베일어블!

『어서 와, 한국은 처음이지』 주인공들은 로컬 앞에선 성지에 다다른 순례자처럼 보인다. 진지한 표정으로 편의점 라면을 먹고, 잠실 야구장에서 치킨을 먹고, 백반집에서 멸치볶음을 집어 올린다. 여행 고수들이 하는 로컬 체험을 하려면 정보력이 필요하다. 학부모 경력으로 묵호초등학교 홈피를 뒤졌다. 학교 급식은 제철 음식과 근거리 농산물로 짜인다. 마을 사람들이 아이들에게 먹이는 음식을 따라가면 나도 현지인의 집밥을 맛볼 수 있으리라. 급식표를 훑었다. 잡곡밥과 된장, 감자, 두부가 자주 쓰이고, 국의 건더기 재료로는 미역과 황태가 많고, 곤드레, 도라지, 고사리 같은 산나물이 빠지지 않으며, 육류로는 두루치기나 감자탕이 등장한다. 육류 구성이 다채롭지는 않으나 두부가 단백질을 보충하고, 아이들 식단인데도 건나물이 자주 보이니 이 자체로 강원도 항구마을 식단으로 다가왔다. 점심은 로컬 레스토랑에 가야겠다.

묵호역에 내렸다. 아는 것은 접어두고 모르는 것을 만날 시간이다. 시작부터 생전 처음 보는 광경이 맞이했다. 깃발이다. X세대라 불리고, 개인주의 문화를 누리다가 아이 둘을 키워놓고 여행을 나와보니, 나를 기다리는 것은 깃발이었다. '경향 후마니타스'. 모든 첫 번째는 가슴 시린 이끌림이 된다. 푸른 한 자락이 바닷바람을 소개한다. 깃발을 든 이의 옷 빛마저 석회 담은 동해의 옥빛이다. 깃발을 고사하던 젊은 시절과 세상이 고팠던 육아 시절과 깃발에 설레는 중년이 한꺼번에 나를 부려놓았다. 깃발 아래 모여든 타인에게서 마추픽추 꼭대기만큼, 아이슬란드 오로라만큼, 수에즈 운하의 노을만큼 낯선 기운을 받는다. 여행이 별거냐? 우주가 별거냐. 낯선 만큼 위대한 여행 아니겠는가. 사람이 몰고 온 여행에 취해 가만히 서있는데, 그들의 말속에서 영어 표기가 안겨준 수수께끼가 술술 풀렸다. 핸썸해변이 아니라 한섬해변이고, 우달해변이 아니라 어달해변이고, 물릉계곡이 아니라 무릉계곡이었다. 알파벳으로 돼재불굴이라 읽었던 곳은 도째비골이었지 싶다. 하루 발품을 팔아 알아낼 계획이었는데, 가볼 필요가 사라졌다. 바라던 로컬 식당의 정보도 얻었다.

깃발에 사로잡힌 터라, 깃발이 풀어준 시간에는 자유뿐이었다. 학교 급식을 닮은 식사로 잔뜩 부른 배가 향한 곳에 현수막이 걸렸다. '동굴 내 온도 14도 내외 천곡황금박쥐동굴'. 도착한 곳이 아파트 한복판이라 어리둥절했지만, 아득한 과거에는 동굴이 집이었을 테니 천곡동굴 후

손들이 근처에 집을 짓고 산다 이해했다. 동굴 안 온도는 현수막 약속대로 14도가 맞았는데 선조들 키에나 맞았지 싶게 천고가 낮았다. 시종일관 스쿼트와 런지 자세를 번갈아 취했다.

허벅지 근력의 한계에 맞추어 신속히 빠져나오고 보니 눈앞에는 문방구가 보였다. 동굴 앞 초등학생 로컬들의 욕망은 어떨까? 들어가 구경하고 사장님 기분도 맞출 겸 우리 동네 문방구에 없는 지우개를 여럿 샀다. 지우개를 사고 보니 묵호역에서 나올 때 본 연필 박물관이 떠올랐다. 떠날 때는 존재를 몰랐던, 그래서 검색조차 할 수 없던 곳이다. 마침 손에 지우개가 있으니 연필은 참 자연스러운 연결 아닌가? 찾아간 박물관 꼭대기 층 창에는 깃발 일행들과 여행을 시작했던 논골담길과 전망대가 그림처럼 펼쳐졌다. 우연이라 적고 운명을 기대하는 여행객에게 다정한 엔딩이다.

무착륙 관광 비행 손님들도 원조 회항 상품 개발자인 원효대사도 목적지에 이르지 않았다. 그러나 그들은 여행길에 있었다. 어쩌면 여행은 머나먼 목적지보다 돌아올 장소가 있어서 의미를 지니는 일 아닐까? 계획하며 설레었고, 깃발 아래 생경했으며, 우연을 따라 걸었던 하루가 저물었다. 손에는 예정에 없던 문어 숙회도 들려있다. 스티로폼 상자 속 문어의 통통한 여덟 다리가 나눠 먹을 이들을 힘차게 가리키고 있겠다. 돌아가자. 여행이었다.

기억을 두고 현재를 걷는 법

— 송수권의 '묵호항'을 넘어 '묵꼬양'을 보다 —

동해는 내게 청춘으로 기억되는 곳이다. 90년대 중반에 대학을 다닌 나는 여름방학 때면 동아리 선배, 동기, 후배들과 동해로 향했다. 그곳에서 바다를 처음 보았고, 바닷물도 처음 먹어보았다. 바다는 자유였고, 열정이었다. 물놀이를 마치고 밤새 허름한 민박집에서 열 명이 넘는 동아리 구성원들과 민주주의와 신자유주의, 포스트모더니즘 시대의 담론을 자못 진지하게 토론하고, 사회를 변혁하는 일을 하게 될 것이라고 다짐하며 술로 타는 목마름을 가라앉혔다. 20대 나에게 동해는 청춘이었다.

2022년 현재의 동해는 어떤 모습일까? 설레는 마음으로 7월 30일 05시 30분에 길을 나섰다. 한여름 새벽은 새벽이 아니었다. 다른 계절의 한낮 같은 햇빛을 느끼며 KTX-이음을 타러 청량리역으로 향했다. 목적지는 '묵호', 송수권 시인의 시인 '묵호항'으로만 접해본 곳이었다. 여행을 갈 때, 여행지와 관련한 예술과 작가를 연상하기를 즐겨 하기에 송수권 시인을 떠올리며 그의 시와 대화하기를 기대하였다. 그가 느낀 묵호는 나와 어떻게 교감할까? 송수권의 시 「묵호항」은 1983년 『꿈꾸는 섬』에 실린 것으로 1970년대 묵호항의 모습을 그리고 있다. 이번 여행은 송수권 시에서의 70년대. 뜨거웠던 청춘 시절의 90년대 그리고 2020년대 현재를 잇는 소중한 '이음'의 여행이 될 터였다.

아담하고 포근한 묵호

두 시간여를 달려 묵호역에 도착하였다. 아담한 간이역이었다. '아담함', 묵호의 첫인상이었다. 묵호항으로 향하는 길에서 만난 문어를 머리 위에 얹고 있는 고양이 캐릭터 '묵꼬양'의 귀여움이 '아담함'을 더욱 배가하였다. '묵꼬양'은 동해시 묵호의 수산물 공동브랜드인데 입에 오징어와 명태를 물고 있기도 하다. '묵꼬양'의 이름을 딴 카페도 있다. 묵꼬양, 좁은 길, 작은 가게들, 알록달록한 지붕 색, 작은 전구들이 반짝이는 카페들. 2022년의 묵호는 '아담했다'.

묵호항에서 바다를 보았다. 묵꼬양 같은 아담한 인상을 주는 배들이 정박해 있었다. 구름에 덮여 햇빛은 그리 세지 않았다. '차알싹', 미풍에 잔잔하게 들리는 파도 소리는 장대하지도, 화려하지도 않지만 항구로 꿋꿋이 버티어 온 묵호항의 모습과 제법 잘 어울렸다. 청록빛 바다는 가까이 보면 연록빛이었다. 손이나 발을 담그면 작은 물고기들이 피부를 간지럽히는 것을 볼 수 있을 듯 맑았다. 2022년 묵호항은 '포근했다'.

송수권 시인이 본 70년대 묵호항은 어떠했던가.

"비가 오는 날 고모를 따라 고모부의 무덤에 갔다.
검은 배들이 꿈틀거리고 묵호항이 내려다 보였다."

고모부의 죽음과 낯선 곳에서의 삶의 불안함을 노래한 시이기에 시속 묵호항은 어둡다. 화려함 이면의 어둠을 그리려 했던 걸까? 아이러니하게도 시의 배경인 70년대는 묵호항이 가장 화려했을 때였다. 묵호항은 1941년 국제무역항으로 확장된 후, 70년대 호황기를 거치며 여러 지역의 이주민들이 모여든 곳이었다. 시 속 고모부 가족도 50년대에 고향인 전라도의 여수, 목포를 떠나 '오징어'를 따라 묵호로 왔다. 그러나 '외짝 신발 하나'만을 수습한 안타까운 죽음은 묵호항에 막 짐을 푼 화자에게 삶의 불안함을 상기하였다.

그럼에도 시인은 꿈을 놓지 않았다. '묵호항'이 실린 시집의 이름, 『꿈꾸는 섬』에서도 확인할 수 있듯이. 시 「꿈꾸는 섬」에서 시인은 나란하게 놓인 두 개의 섬에 소년과 소녀의 첫사랑을 담았다. 서민의 아픔에 슬퍼하고 공감하면서도 사랑을 담아 꿈을 꾸는 낭만, 이러한 낭만은 현재 묵호에도 이어져 오고 있다.

꿈을 꾸다

쇠퇴한 항구 도시였던 묵호는 2020년대 '묵꼬양'을 앞세운 '아담함'과 '포근한 바다'를 무기로 해양 관광항으로 도약할 꿈을 꾸고 있다. 산토리니를 연상케 하는 흰 등대는 마을의 수호신인 양 가장 높은 곳에서 바다를 비춘다. 해랑 전망대는 도째비(도깨비의 강원도 방언) 방망이 모양을 형상화하였는데, 방문객을 바다의 가장 가까운 곳으로 인도한다. 해랑 전망대 뒤쪽으로 푸른빛 바다를 바닥에 새긴 길이 있는데 이 길은 사람들을 도째비골 스카이밸리로 안내한다. 도째비골 스카이밸리에서는 높은 곳에서 더 멀리 펼쳐진 바다를 볼 수 있고, 나름 아슬아슬한 긴장감을 맛볼 수 있는 하늘 자전거도 경험할 수 있다. 내려올 때는 엘리베이터 대신 슬라이드를 이용할 수도 있다. 머리카락을 쭈뼛케 하는 놀이공원 열차만큼은 아니더라도 함박웃음을 터뜨리게 하는 통쾌함을 맛보기에 충분하다.

논골담길은 좁다. 그리고 가파르다. 혼자보다 둘이 앞뒤로 손을 잡아주며 걷기에 좋다. 그래서일까, 곳곳에 하트 모양의 구조물이 사진 찍는 곳에 놓여있다. 이곳은 야트막한 담장에 마을의 역사와 이야기를 담고 있다. 익살스러운 아이들이 지게에서 오징어를 빼 먹는 모습이나 장화에 꽃을 피우는 모습, 아낙들이 어업을 나간 남편을 기다리며 수다를 떨고 있는 모습과 오징어들이 춤을 추고 있는 모습 등 재미있고 친근한 그림들이 묵호의 옛이야기를 전해준다. 이 길에는 다양한 느낌을 주는 아기자기한 카페들이 들어서 있다. 묵호의 첫인상이었던 '아담함'이 이 카페들에도 잘 담겨있다. 귀여운 간판과 작은 문, 원색을 담은 인테리어가 논골담길의 여러 그림과 잘 어우러져 있다. 좁고 가파른 길을 가다 아무 카페에 들러 잠시 쉬어 가는 일도 여유로운 낭만의 한 부분이리라.

묵호는 오늘도 꿈을 꾸고 있다. 하나둘 켜지는 카페들의 작은 전구의 빛이, 바다를 밝히는 등대의 아늑한 빛이 묵호의 꿈을 응원하는 듯했다. 묵호를 떠나오며 송수권의 「꿈꾸는 섬」의 한 구절을 떠올렸다.

"말없이 꿈꾸는 저 두 개의
섬은 즐거워라."

묵호로 떠난 글쓰기 여행

남수연

　　감히 강좌를 신청했다. 경향 글쓰기 여름 강좌 채지형의 '책으로 완성하는 내 여행'이다. 대상은 여행 경험을 생생한 글로 정리해 책을 내고자 하는 사람이었다. 문구만 보면 나는 대상이 아니었다. 글 쓰는 솜씨가 책 낼 정도는 아니기 때문이다. 참여하고 싶은 마음과 글쓰기 두려운 마음이 갈등했다. '그냥 강의만 듣지 뭐!'라고 대책을 세우고 신청서를 제출했다.

　　프로그램에는 현장 수업도 포함돼 있었다. 여행 기획안을 제출하고 글쓰기 여행을 다녀와 여행기를 쓰는 과정으로, 여행지는 강원도 동해 묵호였다. 가족 여행을 갈 때면 남편은 언제나 두툼한 계획서를 내밀었지만, 나는 즉흥 여행을 즐겼다. 여행 전 꼼꼼하게 준비하는 일은 힘들다. 계획에 따라 여행한 후 기록하는 이번 과제는 어려웠다. 기획안 작성을 위해 관련 정보를 정리하고 여행기를 읽었다. 여행 기획안 작성할 때는 묵호를 구석구석 여행하는 느낌이 들었다. 특히, 채지형 작가가 쓴 『동해, 사부작사부작 바닷가 세 달 살이』는 마음을 동해 묵호로 내달리게 했다.

　오전에는 작가와 함께 답사하고, 오후에는 무릉별유천지와 용산서원, 동해향교를 둘러볼 계획을 세웠다. 몇 해 전 칠레 푸에르토나탈레스에 갔을 때 본 고목 위에 흐드러지게 핀 보라색 꽃 라벤더가 인상 깊었다. 라벤더를 볼 때마다 남미의 투명한 햇살과 맑은 공기가 떠올랐다. 동해 여행을 준비하면서 살펴본 무릉별유천지 홈페이지는 보라색 라벤더 사진이 걸려있었다. 칠레 여행을 생각하며, 무릉별유천지를 일정에 넣었다. 한옥을 좋아해 여행지에 가면 서원과 향교에 방문하곤 한다. 그래서 용산서원과 동해향교도 여행지 목록에 넣었다.

모두에게 똑같은 여행은 없었다

　여행 당일 모임 장소에 도착하니 기차를 타고 온 문우들이 삼각 깃발 따라 줄지어 나타났다. 목적지는 채지형 작가가 운영하는 여행 전문 책방이었다. 전면 유리창에 손글씨로 쓴 '잔잔하게'라는 책방 이름이 잔잔하게 붙어있었다. 작가는 동해에 있는 도서관에 강의하러 왔다가 매력을 느껴 아예 머물렀다고 했다. 서먹하지만 반갑게 문우들과 눈인사를 나누며 책방을 둘러봤다. 제목만 보아도 가슴 뛰는 여행 책이 가득했다. 예쁘고 멋스러운 마그넷, 인형, 직물이 작가의 여행 이력만큼 다양했다.

동해 묵호에 대한 작가의 설명이 이어진 후, 참가자는 각자 여행계획을 소개했다. 라벤더 보러 무릉별유천지에 갈 계획이라고 하니, 누군가 "꽃 다 졌을 거예요."라고 알려줬다. 다시 홈페이지를 보니 "6~7월 초까지 개화하며"라고 나와있었다. 예쁜 꽃밭 사진만 보고 개화기는 확인하지 않았음을 깨달았다. 문우들 계획은 옛 모습을 가장 많이 담고 있는 논골 3길 걷기, 혼자 해수욕해 보기, 시티투어 버스 타기, 아이들과 황금박쥐 동굴에서 토끼 보기, 논골담길 카페 순회하기, 정철 발자취 따라 추암해변과 죽서루 방문하기, 초등학교 중심 동네 돌아보기, 교과서 장소 찾기, 발길 닿는 대로 돌아다니기 등 각양각색이었다. 같은 장소에 가더라도 똑같은 여행은 없다는 말을 실감했다.

책방에서 나와 묵호항 부근 전망대로 향했다. 어느 도시나 전망대에 올라가면 그 도시의 성격을 알 수 있다. 전망대에 오르니 시멘트를 세계로 수출하고 울릉도와 블라디보스토크로 가는 항구 묵호항, 논골담길 마을과 바람의 언덕이 한눈에 들어왔다. 논골담길의 알록달록한 집이 예뻤다. 항구에서 언덕 위 덕장으로 오징어, 명태 등 어물을 실은 손수레를 끌고 오르던 논골담길. 이 이름은 수레에서 흐른 물로 길이 논처럼 질어져 붙여졌다. 작가는 마을의 특이한 점을 찾아보라고 했다. 눈만 멀뚱거리고 있는데 지붕 위에 설치된 철골구조 덕장을 가리켰다. 대관령은 겨울에만 덕장을 설치하기 때문에 나무로 기둥을 만들지만, 묵호의 덕장은 언덕에 있어 농사를 짓지 않아 시멘트 바닥에 철골 기둥을 사용한다고 했다.

전망대에서 전체를 조망한 후에는 핫플레이스로 떠오른 도째비골로 향했다. 도째비골 해랑 전망대에서 바다 위를 걷고 스카이워크에서 하늘을 걸었다. 하늘을 보니 외줄 위에 자전거가 걸렸다. 도째비골은 도깨비불이 많아서 붙은 이름이다. '도째비'는 '도깨비'의 방언이다. 사람이 죽으면 몸에서 인이 나와 밤에 반짝이는데, 사람들이 이를 보고 '도깨비'라고 착각했다. 그때부터 이곳을 도째비골이라고 불렀다고 한다.

점심은 취향에 따라 밥집을 찾았다. 참석 인원 절반이 생선구이 집에 모였다. 문우들이 생선구이를 먹으려고 왔는지 함께하는 시간이 좋아서인지 알 수 없으나 나는 후자였다. 줌으로만 만나던 문우들이 반갑고, 나누는 이야기는 흥미로웠다.

열정을 느끼고 배운 여행

오후는 각자 계획대로 움직였다. 먼저 찾은 곳은 동해향교였다. 향교에 갔더니 명륜당 뒤 대성전으로 들어가는 문이 잠겨있었다. 마당을 정리하고 있는 분께 들어갈 방법을 물어보니, 교장 선생님이 열쇠를 가지고 출타해서 열어줄 수 없다고 했다. 향교 보려고 서울서 왔다고 했다. 난감한 표정을 풀고 결단을 내린 듯 담을 넘으라고 했다. 그렇게 해서라도 꼭 봐야 하는 사람처럼 비장하게 담을 넘었다. 대성전 좌우로 동재 두 채, 서재 두 채가 마주 보고 있었다. 고려와 조선 시대 지방 교육을 담당한 향교는 대부분 연원이 깊은데, 동해향교는 짧았다. 동해시가 1980년대 발족 된 후 지역 유림들이 동해 유림을 결성하고 1995년에 처음 건립했기 때문이었다.

용산서원은 공사 중이었다. 사당인 용산사 좌우로 아담한 동재와 서재가 한 채씩 있었다. 사당에는 이세필의 위패가 봉안되어 있었는데, 그는 1705년 삼척 부사로 부임해 용산서당을 창건한 인물이다. 그때 학규 21개 조를 만들어 나무에 새겨 걸었는데 지금까지 남아있다고 한다. 후에 유림이 용산서원으로 만들었고, 대원군의 서원철폐령으로 문을 닫았다가 1966년 지금의 건물을 지었다. 건물 역사는 짧고 규모는 작았으나 후학을 양성하기 위한 유림의 뜻이 고스란히 담겨있었다.

무릉별유천지로 가는 길은 배롱나무가 분홍빛 꽃을 달고 줄지어 있었다. 석회석을 나르기 위해 설치한 기다란 수송로가 길 따라 길게 이어져 있었다. 석회석 채석장임을 알 수 있는 흔적이었다. 라벤더는 못 보더라도 석회석 폐광지를 어떻게 관광지로 개발했는지 보려 했는데, 입구에서 돌아서야 했다. 도착한 시간이 5시였기 때문이다. 운영은 5시 30분까지나, 입장은 4시 30분까지만 가능하다는 사실을 매표소 가서야 알았다.

돌아보면, 허술한 여행이었다. 그러나 허술한 부분을 문우들이 꽉 메워줬다. 함께 여행한 문우들과 대화하며, 여행과 글쓰기에 대한 열정을 느끼고 배웠다. 다채로운 여행 기획을 들고 온 문우들은 어떤 여행을 했을까? 그들의 손끝에서 탄생할 묵호는 어떤 모습일까? 내 여행만큼이나 문우들의 이야기가 궁금하고 기대된다.

하루의 시간: 동해

권선욱

　　유난히 더웠던 2022년 여름 강원도 동해시에서 딱 24시간을 보낼 기회가 생겼다. 강원도는 여러 번 여행했지만, 동해시는 처음이라 마음이 두근두근 설렜다. 서울에서 KTX로 두 시간 남짓 달리니, 동해에 도착했다. 단 하루 둘러보는 여행이지만, 동해시 곳곳에 내 발자국을 남기고 싶었다. 기대를 가득 품고 동해의 하루를 시작했다.

아침의 시간: 한섬

　　눈을 떴다. 커튼 뒤 창밖은 어두웠다. 숙소에서 나와 들이마신 공기는 시원했다. 한창 빛과 어둠이 옥신각신하고 있었다. 어둠이 점점 후퇴하는 시간이다. 늦겠다 싶어 발길을 재촉했다. 기찻길 다리 밑을 지나니 눈앞에 바다가 보였다. 숙소에서 딱 10분 걸렸다. 한섬 해변이다. 5시하고도 10분이 조금 넘은 시각, 해는 뜨지 않았다.

길게 뻗은 백사장 뒤로 데크 산책길이 해변과 나란히 깔려있어, 데크에 발을 내디뎠다. 새로 정비했는지 깨지거나 삐걱거리는 소리 하나 없었다. 하늘과 바다가 만나는 곳에서는 어떤 미동도 없었다. 갈매기 네 마리만 백사장에 살포시 발자국을 남기며 뒤뚱뒤뚱 걷고 있었다. 그러면서 백사장에서 무언가를 계속 찾고 있었다. 제일 앞에 있던 갈매기와 눈이 마주쳤다. 하지만 나는 무시하고 아무런 대꾸도 하지 않았다. 그러자 그 갈매기와 나머지 세 마리는 잠시 후 편대를 이뤄 곡예비행을 시작했다.

한섬해변

네 마리의 갈매기가 무언가를 다시 찾기 시작했을 때, 그 옆에는 파란색 티셔츠에 반바지를 입은 노인 한 분이 걷고 있었다. 어깨가 굽었지만, 걷는 모습을 보니 힘들어 보이지는 않았다. 그렇다고 기운이 넘치는 분도 아니었다. 이 동네 분 같아 보이는데, 해변가를 따라 이쪽 끝에서 저쪽 끝으로 걷기를 반복하고 있었다. 노인은 잠시 후 시야에서 사라졌다. 바다에선 태양이 구름을 전혀 밀어내지 못하고 주변만 뿌옇게 만들었다. 이글거림조차 보이지 않았다. 오늘따라 힘을 못 쓰는 것 같다. 기운이 없나 보다.

나도 계속 서있었더니 기운이 없었다. 다행히 옆에는 빈 그네가 하나 있었다. 얼른 앉았다. 바다에서 불어오는 약간의 바람만으로도 몸 전체가 흔들렸다. 그네의 흔들림은 언제나 기분 좋다. 어릴 때 부모님이 그네를 밀어주면 행복한 기분이 들었다. 과거에도, 현재도 그네를 탈 때면 그 느낌이 떠오른다.

살짝 반동을 가해 움직여 보았다. 움직이니 기운이 났다. 발을 바닥에 대고 밀어내자 그네 안장은 제법 큰 궤적을 그리며 올랐다. 몇 번 더 밀어보니, 이제 나도 능숙한 그네 리더가 됐다. 옆 그네에 앉아있는 이들은 조용히 이야기만 나누고 있었다. 그사이 파란색 티셔츠 노인이 다시 시야에 들어왔다. 해변 끝에 갔다가 다시 반대편으로 걸어가는 중이었다. 아까 봤던 속도 그대로였다.

시계를 보니 해변에 나온 지 1시간이 넘었다. 그동안 나는 이름 모를 몇몇 벌레를 피해 해변을 크게 한 바퀴 돌았다. 군데군데 산책 나온 강아지와 눈인사를 나누었다. 몇몇 아저씨들은 산책길을 지나며 이름 모를 트로트 메들리를 틀어놨다. 고요한 아침이라, 작은 소리도 크게 울려 퍼졌다. 어렸을 때 부모님이 틀어놓으시던 트로트가 떠올랐다.

그를 맞을 준비는 끝났다. 하지만 멀리 수평선에서는 전혀 변화가 없다. 태양의 예상 경로엔 온갖 구름 떼가 오늘이 날인 듯 집결해 일출을 무력화시켰다. 뿌연 구름이 오늘 아침의 승자가 되는 건 시간문제 같았다. '내일의 태양은 내일 뜨지만 그 전에 오늘의 태양은 오늘 떠야 내일의 태양도 있는 것 아닌가?' 하는 아쉬운 마음이 들었다.

일출 보기를 포기하고 철수하기로 했다. 갈매기와 텐트, 그네, 해변 감시대, 뿌연 하늘, 사이사이 부서진 햇살을 휴대폰 카메라에 담았다. 마지막으로 셀카 몇 컷 찍고 있을 때, 파란색 티셔츠 노인이 카메라에 들어왔다. 해변 끝까지 갔다 다시 반대편으로 가는 중이었다. 몇 번째 왕복이더라?

오늘 아침 이 해변에서의 승자는 태양도, 나도 아니다. 태양을 가리는 데 성공했지만, 서서히 흩어지고 있는 구름도 아니다. 자신과 승부를 펼치고 있는 파란색 티셔츠 노인이다. 그는 지금도 레이스 중이다. 나는 오늘의 태양을 못 보고 가지만, 이 분은 어제의 태양을 봤고, 내일의 태양도 볼 수 있을 것이다.

숙소로 돌아가려고 데크 산책길로 올라서니, 지나가던 아주머니와 아저씨가 인사를 나누고 있었다. 아주머니가 아저씨에게 웃으며 "좋은 날 되세요."라고 했다. 짧은 순간이었지만 이 인사말을 조용히 따라 하자

내가 나한테 건넨 인사말이 되었다. 오늘의 승자는 여기에도 있었다. 기분 좋은 아침의 시간이다.

낮의 시간: 묵호

하늘은 흐렸지만, 습도가 높아 후덥지근한 낮이었다. 묵호항에서 해랑 전망대, 스카이밸리를 거쳐, 묵호 등대까지 올랐다. 묵호 등대는 묵호항 주변에서 가장 높은 곳에 있어 바다와 인근 묵호 권역이 전부 내려다보였다. 깔끔하게 정돈된 정상에서 여러 조형물을 사진으로 담고, 동해 바다를 눈으로 담았다.

다음 일정은 매력이 넘치는 '바람의 언덕'이었다. 내가 아는 여행작가는 이곳에 반해 묵호로 둥지를 옮겼다. 탁 트인 시야와 바다에서 불어오는 바람, 알록달록한 집은

바람의 언덕

다른 곳에서는 보기 힘든 모습을 품고 있었다. 높은 곳에서 바다를 내려다볼 수 있어 더 좋았다. 바람의 언덕 근처의 카페와 집을 카메라에

담았다. 원색적인 컬러와 어느 정도 구름 낀 하늘이 어우러져 만족스러운 사진들을 얻었다.

이제는 내려가는 코스다. 내려가는 길은 네 갈래가 있는데, 내가 선택한 길은 논골 1길이다. 논골담길이라는 이름부터 흥미롭다. 1970년대 묵호 전성기 시절, 오징어와 명태를 말리기 위해 수많은 리어카가 이 언덕을 올랐다. 당시 바닥은 흙이었는데, 물이 떨어져 논길처럼 질척거리기 일쑤였다. 그래서 붙은 이름이 '논골'이다. 여기에 담벼락에 그린 벽화와 이야기가 더해져, '논골담길'이라는 예쁜 이름으로 불리게 됐다.

과거 영화를 뒤로하고 쇠락해진 마을에 활력을 불어넣는 일은 사람을 소생시키는 일과 같다고 생각해 왔다. 마을이란 사람이 모여 구성된 공간이기에, 사람 중심으로 일을 진행한다면 결과는 좋은 방향으로 흐를 것이다. 논골담길의 5년 후 10년 후 모습이 어떨지 기대됐다.

내려가는 길은 첫 골목부터 비좁았다. 둥근 계단 모서리에 마무리가 덜 된 시멘트 계단이었다. 오랜만에 보는 풍경이었다. 몇 계단 내려가면 밑에서 올라오는 이와 마주쳐 몸을 90도 틀어 비껴갔다. 잠시 다녀가는 여행객이라 불편한 길도 재미있었지만, 이곳에 살면서 언덕을 오르내린 분은 어떨까 하는 생각이 들었다.

골목을 꺾고 돌아 내려가자 벽화가 하나둘 눈에 들어왔다. 다른 그림이 그려진 30장의 타일이 파란 벽에 붙어있었다. 오징어와 명태를 고개 들어 봐야만 보이는 높은 담, 지게를 지고 오르내리던 일꾼을 그려 놓은 담 등 벽마다 이야기를 담고 있어, 쉽게 내려가기 힘들었다.

오래된 담에 쓰인 "담장에 그려진 단순한 그림이 아닌 묵호만의 이야기로 가득한 이곳에서 당신과 함께 대화하고 싶습니다."라는 문구는 발걸음을 멈추게 했다. 초대 글이다. 조만한 다시 방문해 이 길과 더 깊은 대화를 나누게 될 것 같은 예감이 들었다.

발길을 붙잡는 그림과 문구를 뒤로하고, 다음 목적지인 서점으로 이동했다. 가는 길에 어린 왕자 벽을 만났다. 빨간 장미, 여우, 달, 모두 큼지막한 크기에 입체감 있게 표현되어 있었다. 부산 감천마을에서 본 어린 왕자와는 전혀 다른 느낌이었다. 잠시 후 서점이 눈에 들어왔다. 간판은 없었지만 묵호 여행객이라면 한 번쯤은 들려보는 여행 서점이었다. 무언가 안으로 끌어당기는 힘이 느껴졌다. 쇼윈도 뒤로 화분과 인형들이 비쳤다. 문을 열고 들어갔다. 잔잔하게. 행복한 낮의 시간이다.

밤의 시간: 추암

여름이라 해가 길다. 휴가철이지만 해변은 한산하다. '2022 CHUAM'이라고 쓰인 알록달록한 표지판이 나를 반겼다. 어슬렁어슬렁 백사장을 한 바퀴 돌았다. 마지막 햇살이 남아있어 사람과 사물의 형체를 알아볼 수 있었다. 입구 쪽 기암괴석으로 걸었다. 걷는 동안 주변은 서서히 어두워졌다.

다리에 힘을 빼고 천천히 걸었다. 힘주어 걸을 때보다 모래가 푸근했다. 온기가 남아있는 모래알이 발가락 사이사이를 간지럽혔다. 더위를 머금은 공기가 몸 전체를 휘감았다. 낮의 열기가 남아 더웠다. 다가올 밤의 시간은 지금보다 더 시원하고, 지금보다 더 고요할 것이다.

아담한 해변가 한쪽에 바위가 몰려있었다. 바다 부근 괴석은 방파제와 함께 웅장함을 뽐냈다. 바위는 긁힘과 깎임, 부딪힘, 버팀을 고스란히 담고 오랜 시간 버텨왔다. 비스듬히 보이는 좁은 계단은 눈앞의 바위보다 더 큰 바위의 산으로 나를 안내했다.

두 번 정도 굽이진 계단을 오른 후, 나지막한 '능파대'에 다다랐다. 파도와 대적하는 괴석은 밑에서 본 바위보다 왜소해 보였지만 연륜은 더 있어 보였다. 이들에게 철썩철썩 몰아치는 파도는 오늘 밤 쉽게 물러서지 않을 것 같았다. 그래도 잘 버티리라.

10분 전부터 들어오기 시작한 야간 불빛은 능파대 곳곳을 비췄다. 좁은 계단과 꽃, 그리고 날카로운 괴석을 적나라하게 보여줬다. 그중 하이라이트는 촛대바위였다. 바위는 촛대의 초처럼 가녀린 몸통으로 곧게 서서 멋진 품새를 자랑하고 있었다. 그를 가까이 보기 위해 내려갔다.

많은 관람객이 돌아가며 촛대바위를 배경 삼아 기념사진을 찍고 있었다. 촛대바위는 얼마나 많은 사람과 사진을 찍었을까? 긴 세월의 파도 수가 더 많으리라. 나도 촛대바위와 사진을 찍었다. 촛대바위는 불빛에 노출되어 있고, 뒤편의 바다는 어둠 속에 있는 사진이었다.

촛대바위에서 다시 계단을 오르니, 정자가 나왔다. 이젠 해가 완벽하게 졌다. 불빛만이 겨우 위력을 발휘하는 시기다. 밤의 시간이 왔다. 시원한 바람을 맞으며 정자에 앉았다. 모든 공기가 어둠에 싸여있고, 모든 소리는 바다로부터만 들려왔다.

천천히 눈을 감았다. 바다로부터 불어오는 바람과 약간의 바다 내음, 파도 소리 그리고 작은 나만 남았다. 갈매기 소리나 관광객 소리는 들리지 않았다. 불어오는 바람 반, 천천히 들이마시는 들숨 반으로 바다의 공기를 흡수했다.

시간이 더 지났다. 고요했다. 보이지 않는 바다는 어둠이다. 이제 남은 건 어둠과 나, 단 둘뿐이다. 몸이 가벼워지는 듯했다. 기다리던 시간이다. 눈 감은 채, 가만히 앉아있었다. 얼마나 지났는지 알 수 없었다. 하염없이 이대로 있었으면 좋겠다. 바람이 다시 불어오고, 파도가 치더라도 이대로이고 싶었다. 밤의 시간이 흐르고 있다. 그리고 하루의 시간은 끝나가고 있다.

동트는 동해, 동해시 여행

임복재

강릉시와 삼척시 사이에 진주처럼 끼어있는 동네, 눈부시게 푸른 바다를 품은 강원도 동해시. 나이는 들었지만, 마음은 청춘으로 돌아가 설레는 가슴을 안고 훤하게 동트는 동해시로 떠났다.

멋진 묵호항, 소박한 이야기가 그려져 있는 논골담길

묵호항은 멋과 맛이 어우러진 동해시의 대표 명소다. 묵호항에 도착

논골담길 벽화

하여 가장 먼저 눈에 들어오는 묵호항 수변공원 전망대에 올랐다. 360도 한 바퀴 돌아가며 묵호항과 논골담길, 바람의 언덕, 묵호 등대를 둘러보았다. 묵호항에서는 싱싱한

해산물이 올라오고, 동쪽바다 중앙시장 일대에는 먹거리가 풍부하고 어달동 쪽에는 횟집이 즐비했다.

전망대에서 내려와 묵호 수변공원을 산책하고, 방파제 건너편에 있는 도깨비골 해랑 전망대와 도깨비골 스카이밸리로 갔다. 새롭게 떠오르는 동해시의 핫플레이스로 많은 이들이 찾는다. 하늘 아래 바다 위를 걷는 기분을 느낄 수 있었다.

도깨비골 스카이밸리 바로 앞에는 묵호 등대가 있다. 등대에 오르자 아름다운 묵호항과 동해시가 한눈에 들어왔다. 등대 앞에는 쉴 수 있는 공간도 마련돼 있어 좋았다. 1968년에 제작한 영화 「미워도 다시 한번」 촬영 장소 표지석도 눈길을 끌었다. 이 영화는 묵호항과 옛 어촌마을에서 벌어지는 일을 그려낸 멜로 영화로 당시 한국 영화 흥행 신기록을 수립한 화제작이다.

등대 아래쪽에는 '행복한 논골 우체통'이 놓여있었다. 동해 관광의 즐거움과 행복한 추억을 배달한다고 한다. 나도 이번 여행을 동행한 채지형 여행 작가가 준 엽서에 몇 자 적어 우체통에 넣었다.

묵호 등대는 논골담길 가장 꼭대기에 자리하고 있어 묵호동 논골담길이 눈 아래 펼쳐진다. 알록달록한 묵호동 등대마을이 애잔해 보인다. 묵호 사람들의 어제와 오늘이 담벼락에 아로새겨진 논골담길로 발걸음을 옮겼다.

논골마을은 30~40년 전만 해도 명태와 오징어가 많이 잡히는 동해

안의 어촌 도시였다. 그러나 어획량이 현저하게 줄자 마을 사람들이 하나둘씩 떠나 전형적인 달동네로 변했다. 동해문화원은 2010년부터 지역 어르신, 예술가들과 함께 묵호 등대 담화마을(논골담길) 개발 프로젝트를 추진하여 골목길에 마을의 역사를 담은 벽화를 그렸다. 달동네가 특색 있는 문화 예술 마을로 새 옷을 갈아입었다. 슬레이트와 양철 지붕을 얹은 집들로 빼곡한 논골길, 좁고 가파른 골목길 구석구석에는 묵호 어르신들의 파란만장했던 삶의 이야기가 새겨져 있다. 줄에 매달린 오징어, 생선회 뜨는 아낙들, 지게를 지고 앉아 쉬고 있는 할아버지 …. 실제 주민들을 모델로 그림을 그려 강한 리얼리티가 담겨있다. 그중에서 나무판에 쓴 작가 미상의 시 「바람의 언덕」이 모진 풍파를 견뎌낸 마을 사람들의 삶을 고스란히 담고 있다.

"바람 앞에 내어준 삶/아비와 남편 삼킨 바람은/다시 묵호 언덕으로 불어와/꾸들꾸들 오징어 명태를 말린다/남은 이들을 살려낸다/그들에게 바람은/삶이며 죽음이며/더 나은 삶을 꿈꾸는/간절한 바람이다"

논골담길에는 옛 어촌마을의 정취가 배어있다. 벽화를 배경으로 멋진 사진을 찍는 사람들, 오랫동안 살아온 이웃, 작은 집과 좁은 골목 사이로 마을 풍경을 보면서 여유를 즐기는 사람들을 만날 수 있었다. 아내와 등대카페에 앉아 마시는 냉커피 한잔이 한낮의 무더위를 날린다. 도째비골 스카이밸리와 해랑 전망대를 바라보며 바다에서 불어오는 바람을 맞는다. 동행한 경향신문 후마니타스연구소 소장이 '바람의 언덕 추억 앨범' 조형물과 '묵호 등대 논골담길' 포토존에서 사진을 찍어주었다. 나중에 사진을 보면 논골담길이 오래도록 그리울 것 같다.

도심 속 천연동굴 한 바퀴, 추암해변과 한섬해변 산책

다음 날은 천곡황금박쥐동굴을 한 바퀴 돌고 추암해변과 한섬해변을 산책했다.

천곡황금박쥐동굴은 1991년 아파트 공사를 하던 중 발견되어 다른 지역과는 달리 시내 중심에 동굴이 있다. 4~5억 년 된 수평 석회동굴로, 총 길이 1,510m 가운데 탐방로는 약 810m다. 석주와 석순, 종유석이 비경을 연출한다. 멸종 위기종 제1호로 지정된 황금박쥐가 서식한다는 천연동굴에서 자연의 신비로움이 느껴졌다.

동해시 하면 가장 먼저 떠오르는 추암해변과 촛대바위. 여러 번 와보았지만, 바다 가운데 불쑥 솟아있는 촛대바위는 보고 또 봐도 신비롭다. 조선 시대 전시 사령관 격인 도 체찰사로 있던 한명회가 이곳의 절경이 마치 '아름다운 여인의 걸음걸이' 같다 하여 '능파대'라고 이름 붙였다. 추암해변 주변에는 1,361년 고려 공민왕 때 지은 '해암정'과 길이 72m 출렁다리가 있다. 절벽 위로 이어지는 출렁다리에 서면 감탄사가 절로 나온다. 출렁거리는 바다 위를 걷는 것 같은 아찔함도 느낄 수 있다.

날씨가 흐려 추암 일출을 보지 못해 아쉬웠지만, 추암 촛대바위와 추암해변은 여전히 동해시 넘버원 여행지다.

한섬해변은 해안선을 따라 울창한 소나무 숲과 기암괴석이 빼어난 해변이다. 새로 만들었다는 한섬해변 '행복한 섬길'은 감추해변으로 이어지고 해변 끝에 작은 암자 감추사가 숨어있는 듯 자리하고 있다. 한섬해변에는 하늘을 배경으로 사진을 찍을 수 있는 '한섬빛터널'이 있다. 한쪽에는 푸른 바다, 다른 한쪽에는 철길이 있어 해안을 따라 기차가 달려오면 한 폭의 그림처럼 멋지다. 한섬빛터널에서, 철길을 달리는 기차 앞에서 아내를 모델로 사진을 찍었다. 감추사 앞산 감추해변에 있는 하대암은 절경을 보여준다. 제임스 본드 주연의 「007」 시리즈 촬영지인 세계 3대 절경 태국 '푸켓 팡아만'의 바위를 닮아 제임스 본드섬이라 부르기도 한다.

울창한 숲길을 걸어 감추사에 이르렀을 때 갑자기 소낙비가 쏟아졌다. 감추사 평상에 앉아 비가 오는데도 신나게 물놀이하는 이들을 물끄러미 바라보고 있다 보니 시원한 기분이 들었다. 연로한 어머니를 모시고 산책 나온 아주머니와 자리를 같이했다. "어디서 오셨어요? 동해는 처음이세요? 부부가 함께 여행하는 모습이 너무 보기 좋아요."라고 했다. 천곡 시내에 살아서 산책하러 자주 나온다며 아내와 정답게 이야기를 나눈다.

기적 소리 들리는 '행복한 섬길'을 천천히 걸으며 사색에 잠긴 행복한 하루였다. 동해를 닮아 푸르른 삶의 이야기들이 파도치는 곳, 동해시에서 잊지 못할 아름다운 추억을 만들었다. 동해시가 그리울 때 다시 찾을 것이다.

동해의 전설 추암촛대바위

'잔잔하게' 매력에 풍덩 빠진 사연

이린

이름이 '잔잔하게'라고? 바다의 파도에서 '잔잔하게'라는 이름을 짓지 않았을까 생각했다. 다르게 생각하니, 잔잔하게 빛나거나 잔잔하게 흐르거나, 잔잔하게 웃을 수도 있겠다. 이름부터 무한 상상력을 발동하게 하는 작은 책방을 찾아보고 싶었다.

서점 주인장에게 직접 물었더니, 신선한 답이 돌아왔다. "엄마하고 이야기하다 보니, 좋아하는 것이 다 잔잔했어요. '꽃이 참 잔잔해서 좋다.'라든가 '음악이 잔잔하니, 마음에 드네.' 이런 식으로요."

서점 주인장인 채지형 작가는 몇 해 전 동해 발한 도서관에서 글쓰기 강의를 맡아줄 수 있냐는 전화 한 통을 받았다. 그렇게 동해와 인연을 맺은 후, 묵호가 좋아 눌러앉고 말았다고 했다. 작가 레지던시 프로그램으로 한 달 살기를 시작했는데, 한 달이 두 달로, 두 달이 세 달로 이어졌다. 결국, 소박한 매력에서 나오지 못하고, 묵호를 거처를 옮겨 책방까지 열었다.

묵호역에 도착하자마자 '잔잔하게'를 찾았다. 눈에 띄지 않는 스피크이지 바처럼, 간판 없는 서점을 찾아 나섰다. 난이도 하의 챌린지 미션이었지만, 소소한 재미가 있었다. 서점 안에 들어서는 순간 풍성함이 느껴졌다. 공간 구석구석을 세계 여행에서 입양해 온

여행자가 인형의 방에서 사진을 찍고 있다.

현지 공예품이 채우고 있었다. 그날따라 꾸안꾸 패션으로 무심한 듯 헐렁한 드레스를 걸친 주인장을 마주했다. 그녀의 핫핑크 드레스는 숨겨진 열정의 에너지와 절대 숨길 수 없는 다정한 마음의 색을 닮았다.

서점 투어의 백미는 커튼 뒤 인형의 방

궁금증은 발걸음을 서점 안쪽으로 이끌었다. 닫힌 커튼을 활짝 여니, 베르사유 궁전의 비밀스러운 '거울의 방'처럼 '인형의 방'이 눈 앞에 펼쳐진다. 마법의 세계가 열린 것 같아 핸드폰 카메라 버튼을 누르느라 손가락이 바쁘다. 시골스러운 묵호에 인스타그래머블 핫플레이스라니. 공간을 발견한 기쁨에 '잔잔하게' 미소가 퍼졌다.

전 세계를 누빈 작가의 서점에는 여행 서적이 빼곡하게 놓여있다. 그

녀가 여행의 조각을 모으고 또 마음을 담아 나누는 방식이 아닐까? 서점을 떠날 때 즈음, 신통력을 지녔는지 환자의 처방을 내리는 약방주인처럼 찰떡궁합 나에게 꼭 필요했던 책 4권을 추천했다.『예술과 풍경 이야기』코로나의 길고 힘든 터널을 지나는 동안 내가 사랑에 빠진 힐링공간 강원도 관련 서적까지, 독심술로 무장한 주인장 부부가 정성껏 큐레이션 한 책을 가득 들었다. 근처 바다가 내려다보이는 카페에서 읽어내려가는 재미도 쏠쏠하다. 당신이 묵호에 간다면 반드시 '잔잔하게'를 찾아야 할 이유다.

현지인 추천 묵호 맛집

- 시장 앞 장터 생선구이 망치탕
- 진모래 횟집과 동복횟집의 물회
- 묵호역 앞 경남식당 보리비빔밥
- 대우칼국수와 오뚜기칼국수의 장칼국수

일상에서 로그아웃

2부.

뜻밖의 대한민국

고암 이응노의 발자취를 찾아서

임복재

한국이 낳은 세계적인 화가 고암 이응노(1904~1989)의 발자취를 찾아 나섰다. 미술사학자 이태호 교수와 함께 홍성 이응노 생가기념관에서 예산 수덕여관과 천년고찰 수덕사로 이어지는 여정이었다.

고암 이응노의 생가기념관은 충청남도 홍성군 홍북읍 중계리 홍천마

고암 이응노 생가기념관

을에 있다. 집 뒤로는 용봉산과 월산이, 집 앞에는 용봉산 계곡 물이 내가 되어 흐르고 너른 들판이 펼쳐져 더없이 안온하다. 이응노는 이곳에서 태어나 열일곱 살 때 고향을 떠나기 전까지 자라며 그림에 뜻을 품었다.

고암 이응노 생가기념관은 고암이 그림의 꿈을 품었던 공간 위에 그

의 삶을 닮은 건축물로 지어졌다. 기념관은 본 전시관과 야외전시장을 비롯해 다목적실, 복원된 생가, 연지공원, 북카페로 구성되어 있다. 건축가 조성룡이 설계한 기념관은 2013년 한국건축문화 대상을 수상했다. 현재 홍성의 대표적인 문화 예술 공간으로 자리매김하고 있다.

'이응노의 삶과 예술'을 주제로 한 이태호 교수의 강연을 듣고 전시동과 생가터를 둘러보았다.

"고암은 생을 마감하는 날까지 그림을 그리는 열정을 보여주었습니다. 우리 현대미술사에서 고암만큼 다양한 작품 세계를 섭렵한 화가도 없고, 고암만큼 방대한 작업량을 보여준 화가도 없으며 고암만큼 국제적으로 인정받은 화가도 없습니다. 그리고 고암만큼 정치적 파란을 겪은 화가도 없습니다." 이 교수의 강연이 가슴을 뭉클하게 했다.

전시관에서는 이응노의 환상적인 작품세계에 빠져들었다. 이응노는 동양화의 전통적 필묵을 활용해 현대적 추상화를 만들어냈다. 그의 작품 중 널리 알려진 「군상(인간 시리즈)」 앞에서 발길을 멈추었다. 1980년대 광주민주화운동 등 한국의 시대정신을 군중들의 격렬한 움직임과 힘의 분출을 통해 표출한 걸작이다. 월산의 품에 안긴 생가터에서는 용봉산을 바라보며 꿈을 키웠던 이응노의 어린 모습을 떠올려 보았다.

고암 이응노 생가터(1904~1989) 표지판에 쓰여있는 문구를 여러 번 읽었다.

"화가의 꿈이 시작된 곳.

희망과 열정으로 꿈을 키우고 더 큰 세상으로 나아간 자리.

평화통일과 인류화해의 염원 그의 예술혼이 함께하는 곳."

이응노 생가기념관을 돌아본 후 북카페에 앉아 연잎차를 마셨다. 기념관 앞 연지공원에서 채취한 연잎으로 만든 차로, 고맙게도 기념관 측에서 우리에게 제공했다. 은은한 향이 참 좋았다. 잊지 못할 아름다운 추억 한 장이 만들어졌다.

수덕여관은 수덕사에서 내려오는 계곡과 맞닿아 있다. 초가집 여관으로 고암이 프랑스로 떠나기 전까지 머물렀던 공간이다. 아담한 마당을 둘러싸고 문에 창호지를 바른 방이 조르르 붙어 있는 모습이 정겹게 다가왔다.

수덕여관 이응노 암각화

수덕여관 뒤뜰 고암의 그림이 새겨진 너럭바위가 눈길을 끌었다. 삼라만상의 영고성쇠를 표현한 이 암각화는 고암이 동백림사건에 휘말려 2년 6개월 동안 복역 후 파리로 떠나기 전 지친 몸과 마음을 가다듬으며 제작한 작품이다. '1969년 이응노 그리다'라는 낙관이 들어있다.

수덕여관 하면 생각나는 여인이 있다. 수덕여관 주인 박귀희 아주머니다. 이분은 고암의 본부인으로 고암이 옥고를 치를 때 옥바라지를 도맡아 하고, 이응노 화백이 프랑스로 훌쩍 떠난 후에도 돌아가실 때까지 (2002년 작고) 홀로 수덕여관을 지켰다. 현재 옛 모습 그대로 복원한 수덕여관은 수덕사기념관으로 바뀌어 각종 문화 전시관으로 활용되고 있다.

가야산 남쪽 덕숭산(580미터) 중턱에 널찍이 자리 잡은 수덕사는 백제 때부터 내려오는 유서 깊은 고찰이다. 국보 제49호인 수덕사 대웅전은 현존하는 다섯 채의 고려 시대 목조건축 중 하나로 충렬왕 34년(1308)에 건립된 건축물이다. 정면 3칸, 측면 4칸의 주심포 맞배지붕으로 조용한 가운데 단정한 아름다움이 돋보이며, 불당으로서 근엄함을 잃지 않고 있다.

수덕사는 풍광이 좋아, 많은 이들이 찾는다. 수덕사는 고암 이응노의 예술 세계에도 큰 영향을 주었다. 고암은 수덕여관에 머무르며 수덕사와 대웅전 뒤 암자에 자주 올라 아름다운 주변 경치를 화폭에 담았다.

홍성의 생가기념관에서부터 예산 수덕사와 수덕여관으로 이어진 여행은 시대의 아픔을 딛고, 예술혼으로 승화시킨 고암의 예술 세계를 만난 뜻깊은 시간이었다. 동행을 마치고 집으로 돌아오는 버스 안에서 이태호 교수가 나지막하게 말했다.

"아픔과 희망을 동시에 갖고 있는 이응노는 남북통일의 매개체가 될 수 있습니다. 인간과 인간의 어울림, 세상 만물의 조화와 평화가 이응노의 화두입니다."

정철의 여정을 따라가는 동해안 기행

조용선

문제적 인물, 정철

시인 서정주가 구사한 한국어는 아름답습니다. 시의 신이 있다면 특별한 사랑을 받은 게 분명합니다. 본인도 그것을 알았던 것 같습니다. "나를 키운 것은 팔 할이 바람"이라는 시구가 자부심을 드러냅니다. 그러나 친일과 5공화국 찬양으로 스스로 이름을 더럽혔습니다. 저는 일찍이 서정주를 통해 예술가의 인성이 꼭 재능과 비례하지 않는다는 것을 깨달았습니다.

정철은 교과서에 실린 가사 작품으로 유명합니다. 조선 전기 문인은 곧 정치인인 경우가 대부분이었습니다. 조선의 붕당정치는 정철의 시대부터 시작됩니다. 정철은 서인의 초강경파였습니다. 특히 1589년(선조 22년) 일어난 정여립의 난 때 조사관을 맡아 동인의 유망한 선비들을 도륙을 내버려서 동인들은 모두 그를 갈아 마시겠다고 했습니다. 오늘날 고등학생들도 그들을 도탄에 빠뜨리는 각종 '미인곡'과 '별곡' 시리즈 때문에 정철을 원망하니 그는 죽어서도 죽지 않았습니다.

정철은 술을 '매우매우매우매우' 즐겼다고 합니다. 야사에 선조가 그의 글솜씨를 아껴 하루에 한 잔씩만 하라고 친히 잔을 내렸는데 대장장이를 시켜 한 사발을 만들었다는 이야기도 전해집니다. 알코올 중독자 수준이 아니었나 싶습니다. 그의 작품에는 술 마시는 얘기가 빠지지 않습니다. 그중에서도 죽으면 술을 못 먹을 터이니 살아생전 원 없이 술을 먹자고 다짐하는 「장진주사」가 압권입니다. "재 너머 성권농 집에 술 익었다는 말 어제 듣고"로 시작하는 정철의 시조에서 성권농은 성혼으로, 동인들이 쌍으로 갈아 마시고자 했던 인물이므로 둘이 술 마시며 나누는 대화가 무엇이었을까 상상만으로도 흥미롭습니다.

정철, 강원도 관찰사가 되다

『조선왕조실록』은 시시콜콜한 기록까지 다 남겨두었습니다. 정철이 자신의 직무보다 술을 훨씬 사랑했다는 사실도요. 그래도 파직과 유배를 거듭하며 그는 관직을 유지해 갑니다. 글솜씨 자체가 정치력 능력이었던 시대와 상대가 누구든 자신의 의지를 관철하려는 강직한 성품 덕분인지 모르겠습니다. 전라도 창평에서 본인 표현으로는 자연을 너무 사랑하여 대나무 숲에 누워있는데, 강원도 관찰사에 제수되었다는 소식을 듣습니다. 그는 소식을 듣자마자 궁궐로 날 듯이 달려가 성은에 감사하고 강원도로 출발합니다. 원주에 있던 강원 감영에 부임한 것은 1580년(선조 13년) 2월, 그의 나이 45세 때였습니다.

높으신 분의 영전은 어느 조직에서나 고되고 어려운 일입니다. 강원도 관찰사 정철이 부임하자마자 3월에 출발한 현장 시찰도 썩 다르지 않았을 것입니다. 더구나 그 구체적 기록인 「관동별곡(關東別曲)」을 보면 『난중일기』와 같이 몇 놈 곤장 때리고 몇 순 화살 쏜 얘기도 없이 줄곧 풍경에 대한 찬미와 임금에 대한 그리움, 술 마신 이야기로 일관하고 있으니 지방관의 출장 보고서라 하기 민망합니다. 정철이 거침없이 써 내려간 격조 높은 작품인 것만은 틀림없는 사실입니다만, 현대 한국인에게 당대의 고어는 외계어나 마찬가지니 그걸 알아보기가 쉽지 않은 게 또 큰 문제지요.

강릉 대도호부와 경포호

강원도는 행정구역상 세계 유일의 타이틀을 가진 게 있습니다. 바로 분단국가 양쪽에 모두 존재하는 지명이라는 것이지요. 유명한 금강산이 북한의 강원도에 있습니다. 정철의 시대에는 갈 수 있었지만, 오늘날의 우리는 갈 수 없는 곳입니다. 작품 속 현란하고 현학적인 묘사를 눈으로 확인할 수 없으니 제 여정은 그 부분을 성큼 건너뛰어 강릉에서 시작합니다.

신선이 타는 수레를 타고 경포로 내려가니,

10리의 흰 비단을 다리고 다시 다려,

큰 소나무 숲 속에 실컷 펼쳐졌으니,

물결이 잔잔하여 모래알까지도 헤아리로다.

　조선은 성리학을 지도 이념으로 하는 나라였습니다. 한 국가를 지배하는 이데올로기라고 하기에 성리학은 지나치게 형이상학적이라는 느낌을 줍니다. 게다가 붕당정치가 시작된 이래 더욱 극단으로 치달아 갔습니다. 당연히 도교나 노장사상은 이단 중의 이단이었을 텐데, 정철은 겁도 없이 자신을 신선에 비유합니다. 임금 잘못 만나면 '사약 드링킹'을 당할 수도 있는 죄입니다. 다시 언급하겠습니다만, 이분은 진심으로 자신이 이 세상에 귀양 온 하늘나라 신선이라고 믿은 게 분명합니다.

　경포호의 풍광은 신선이 거닐기에 적당한 곳이라고 생각한 모양입니다. 경포호는 이름에서 알 수 있듯이 호수입니다. 우리가 '경포' 하면 떠올리는 해수욕장은 이곳의 이름을 딴 인근의 바다지요. 바다에는 파도가 있습니다. 비단을 다리고 다시 다린 것처럼 잔잔할 수가 없지요. 제가 갔을 때도 호수의 물결은 잔잔했습니다. 오늘날의 경포호는 주변의 초당 두부가 유명합니다. 이른 저녁으로 초당 순두부를 먹었는데, 그 모습이 과연 흰 비단을 다리고 다린 듯하여 인상적이었습니다.

강릉 대도호부의 풍속이 좋구나. 절효정문이 고을마다 널렸으니,

집집마다 벼슬 받을 만한 일이 이제도 있다 하리라.

대도호부는 오늘날로 말하자면 대도시라고 하겠습니다. 절효정문(節孝淨門)은 충신, 효자, 열녀를 표창하기 위해 세운 문이니 강릉은 성리학자가 보기에 풍속이 아주 좋은 곳이었나 봅니다. 정철이 임지인 강원도를 꼼꼼하게 다니면서 풍광 외의 내용을 얘기한 부분이 극히 드문데, 해당 내용으로 유추할 수 있다시피 정철은 예를 매우 숭상한 인물이기도 했습니다. 그가 강원도 관찰사로서 한 일 중에 아직 복권되기 전인 단종(당시 노산군)의 묘가 쓸쓸하여 예가 아니라고 보고한 부분이 가장 인상적이었습니다.

추암 촛대바위와 삼척 죽서루

지금은 동해시에 속한 추암 촛대바위는 1980년까지 삼척이었습니다. 촛대바위에서 죽서루까지는 그야말로 '엎어지면 코 닿을 데'에 있습니다. 정철이 「관동별곡」을 지을 때 죽서루는 강원 감영의 객사인 진주관(珍珠館) 옆에 있었습니다.

촛대바위는 멋진 곳이었습니다. 「관동별곡」은 지역 명승지에 대한 감상이 너무나 상세한데, 촛대바위에 대한 내용이 빠진 게 의아할 정

도로요. 강릉에서 삼척까지 당시 하루 여정이었을 터인데, 어서 진주
관에 가서 산해진미에 한잔 걸칠 생각으로 바빴을 수도 있겠습니다.
아니면 또 모르지요. 이 알콜홀릭 아저씨 가마 타고 가면서 숙취로 뻗
었을 지도요.

진주관 죽서루 아래 오십천에 내리는 물이

태백산 그림자를 동해로 담아 가니,

차라리 한강으로 돌려 남산에 대고 싶도다.

지방의 이름난 누정은 대개 야트막
한 산언덕에 위치합니다. 그러나 폭염
의 날씨에는 짧은 등산도 쉬운 일이
아니지요. 그런데 희한하게도 누정에
오르면 불어오는 시원한 바람에 땀이
식고, 눈앞에 펼쳐진 풍경에 즉각 감
탄하게 됩니다. 애초에 그럴 만한 곳
이니 누정도 지어진 것이겠지요. 죽서
루도 관동팔경에 속합니다만, 앞에 펼

죽서루에서 내려다본 오십천

쳐진 것은 바다가 아닌 오십천입니다. 아주 크지도 너무 작지도 않기에
더 정감 가는 동네 하천입니다.

종2품 관찰사 직에 올랐겠다, 주흥도 올랐겠다, 봄날 싱그러운 바람이 불어오는 죽서루에서 내려다보는 풍경은 더 아름다웠겠지요. "냇물이 산 그림자를 바다로 담아 간다"는 표현은 이의 여지없이 수려합니다. 그런데 다음에 뜬금없이 한강 얘기가 나옵니다. 아름다운 풍경을 한강에 띄워 실어 보내 임금님이 남산에서 보시게 하고 싶다 이 말입니다.

정철은 선조 임금보다 12년 연상입니다. 「관동별곡」과 더불어 정철의 대표작으로 꼽히는 「사미인곡」과 「속미인곡」은 정철이 자신을 여인에 빙의시켜 만나고 싶어도 만날 수 없는 임에 대한 절절한 그리움을 토로하고 있는 작품입니다. 상대가 동성의 띠동갑 연하라는 것을 알면 오글거리지 않을 수 없는 설정이지요. 그런데도 막상 선조 앞에서는 '아무리 청천벽력과 같은 진노가 계시더라도 신의 말씀은 다 드리지 않을 수 없습니다.'라고 부아를 돋운 적이 있으니, 요즘 식으로 표현하자면 '츤데레 신하'였던 모양입니다.

「관동별곡」의 마지막 여정, 울진 망양정

울진은 1963년 강원도에서 경상북도로 이관되었습니다. 정철의 시대에는 강원도 끝자락이었지요. 망양정에서 정철의 길고 긴 여정은 종지부를 찍습니다. 망양정은 이름에서도 드러나다시피 바다가 보이는 곳입니다. 지금은 바로 옆에 해수욕장이 있는데, 정자까지 오르는 산길은 짧지만 제법 가팔랐습니다.

망양정의 전경

하늘의 끝을 내내 못 보아 망양정에 오르니,

바다 밖은 하늘이니, 하늘 밖은 무엇인가?

가뜩 성난 고래를 누가 놀라게 하기에,

불거니 뿜거니 어지럽게 구는 것인가?

은산을 꺾어내어 온 세상에 내리는 듯,

오월의 드높은 하늘에 백설은 무슨 일인가?

안내문에는 정철 시대의 누각이 몽땅 타버렸다고 나와있습니다만,

풍광은 옛날과 그리 다르지 않을 것입니다. 망양정에서 바라보는 동해는 탄성이 절로 나올 정도입니다. 삼면이 바다인 우리나라에서 동해만의 특징을 꼽으라면 수평선에서 눈에 걸리는 섬이 없다는 것이겠지요. 그야말로 '바다 밖은 하늘이고 하늘 밖은 무엇인가?' 싶습니다. 파도를 묘사하는 부분을 잘 보시면 삼월에 시작한 여행이 벌써 석 달째라는 것도 알 수 있습니다.

소나무 뿌리를 베어 누워 선잠이 얼핏 드니,

꿈에서 한 사람이 날더러 이르는 말이,

"그대를 내가 모르랴? 그대는 하늘나라의 신선이라. 황정경 한 글자를 어찌 잘못 읽어두고, 인간 세상에 내려와서 우리를 따르는가? 잠깐만 가지 마오. 이 술 한 잔 마셔 보오."

북두칠성 기울여 동해 바닷물을 부어 내여,

저 한 잔 먹고 날 먹이거늘, 서너 잔 기울이니,

봄바람이 산들산들하여 두 겨드랑이를 추켜드니,

구만 리 하늘을 날 수 있을 것만 같구나.

제가 도착했을 때 망양해수욕장에서는 전통가요 메들리가 이어지고 있었습니다. 가끔 들리는 "핫~", "어얼쑤~." 같은 감탄사 덕분에 라이브 공연임을 알았습니다. 백사장 임시 무대에 관객은 손가락에 꼽을 만

한데 도무지 알 수 없는 초청 가수의 노래는 구슬프고도 흥겨워 비현실적이었지요.

사람은 현실이 힘겨울 때 종종 꿈으로 도주합니다. 창작의 재능이 뛰어났던 만큼 정철의 꿈은 규모가 남다릅니다. 자신이 경전 한 글자를 잘못 읽어 그 벌로 세상에 쫓겨 난 신선이랍니다. 본래 애주가들은 자신에 대해 빈말을 하지 않습니다. 오늘도 동네 술집에는 대한민국을 좌지우지하는 의로운 풍운아들이 수두룩하지요. 북두칠성으로 떠먹는 동해주라니, 저도 서너 잔 마시면 지구상에 못 갈 곳이 없을 듯합니다.

실록에서 사관은 정철에 대해 성품이 편협하고 행동이 경망했으며, 농담과 해학을 좋아했다고 평했습니다. 술에 취하면 면전에서 상대를 꾸짖는데, 권력자 앞에서도 삼가지 않았다고 하지요. 풍수 좋은 곳에서 시를 지으며 살아갔으면 족했을 전형적인 예술가인데, 말 한마디에 목숨이 왔다 갔다 하는 살벌한 정치판이 영 어울리지 않아 보입니다. 어쩐지 그가 늘 취해있었던 이유를 알 것 같습니다.

아야진 무지개 해안도로와
게르하르트 리히터의 '4,900개의 색'

이린

　　　2년 가까이 봉평에 손바닥만 한 거처를 구해 주말은 강원
도에서 지냈다. 코로나의 침공으로, 대부분의 만남이 차단된 시간이었
다. '현지인처럼 여행하기'를 주제로 강원도 곳곳을 어슬렁거렸다. 명산
오르기와 숲 체험은 물론이고 바다도 자주 찾았다.

　무더위가 기승부리는 휴가 시즌이면 전국 해수욕장에는 '피서객 북
적'이라는 수식어가 자연스레 붙는다. 극성수기에 유명 해수욕장을 찾
으면 모처럼 쉬러 갔다가 인파에 치여 지친다. 하지만 시야를 넓히면 한
여름에도 여유로운 분위기에서 피서를 즐길 수 있는 해수욕장이 있다.

　그중 하나가 고성의 아야진 해변이다. 맑은 물은 기본이고 깨끗한 백
사장과 다양한 즐길 거리, 볼거리까지 갖추고 있다. 여러 장점 중 최고의
미덕은 번잡하지 않다는 점이다. 아야진 해수욕장에 도착해 백사장에
첫발을 내디디면 보드라운 모래가 환영한다. 아야진 해수욕장에는 고운

모래뿐만 아니라 아기자기한 바위도 많아, 여러 풍경을 즐길 수 있다.

아야진은 등대가 있는 바위가 거북이처럼 생겨 한때 거북 '구'에 바위 '암', 구암마을이라 불렀다. 이후 작은 항구 '애기미'라는 별칭을 얻었다가, 마을의 산 모양을 닮은 한자, '야(也)' 자에 '우리'를 뜻하는 글자를 합쳐 아야진(我也津)이라고 부르게 됐다.

해수욕장에서 컬러풀한 인스타그램 핫스팟으로 변신

아야진 해변에는 SNS 핫스폿도 있다. 아야진 해변에서 교암 해변으로 이어진 1km의 무지개 빛 도로 경계석이다. 도로를 나누는 경계석이지만, 파스텔톤 색을 더하니 작품처럼 다가온다. 예술의 역할, 특히 현대미술의 특징이 무엇인가? 미학적 아름다움을 통해 관람객에게

아야진 해변 무지개 경계석

새로운 경험을 만들어주는 것이다. 현대미술은 형태적, 색채적, 의미의 충돌을 통한 내적 갈등을 유발해 관람객에게 새로운 생각의 창을 열어준다.

기존 틀에 갇히지 않고 끊임없이 새로운 것을 시도하며 어제와 다른 것을 만들어내는 것, 이것이 현대미술이라면 고성군청 경제투자과에서 색으로 물들인 아야진 해변 경계석은 예술품이다.

그런 의미로 봤을 때 미술사에서 유명한 게르하르트 리히터(Gerhard Richter)는 현대 미술가의 교훈적인 표본이다. 리히터의 대표작이 이를 증명한다. 리히터는 1960년대 사진 이미지를 차용해 회화의 윤곽을 모호하게 하는 '사진 회화'를 선보이며 클래식한 회화 장르에 도전장을 냈다. 더불어 몽타주 기법을 사용해 구상과 추상을 넘나들며 초현실주의적 회화를 선보였다. 추상에서도 채색과 단색을 자유로이 넘나들 뿐 아니라 래카와 에나멜 스프레이를 사용한 매끈한 컬러 패널 작업까지, 오늘날 회화가 시도할 수 있는 확장의 끝을 보여줬다. 더 놀라운 점은 시기상 이 작업이 동시다발적으로 이루어졌다는 데 있다.

4900 가지 색채. 2007. 전시
(출처: 도쿄 치요다구 관광정보 홈페이지)

그의 창조적 신념은 2021년 에스파스 루이 뷔통 서울에서 선보인 「4,900가지 색채」에도 잘 드러난다. 이 작품은 서로 다른 25가지 색상으로 구성된 5×5의 패널 196개를 배열한 작품이다. 모두 4,900(25×196=4,900)개의 픽셀이 약 7×7m의 대형 화면에 설치된 모습은 그야말로 장관이다.

사진 회화나 유리 회화 등 그동안 리히터가 선보인 추상 기반의 회화와 달리 「4,900가지 색채」는 작가의 의도가 단번에 파악되지 않는다. 붓질이나 물감의 물성이 만들어낸 오브제적 회화가 아니다 보니 관람객은 자칫 '무엇을 봐야 하는지' 궁금증을 느낄 수 있다. 그러나 바로 그것이 중요한 힌트다.

리히터는 이 작품에서 지배적 구조를 찾지 말라고 당부한다. 1932년 독일 드레스덴에서 태어나 어린 시절 전쟁을 경험한 트라우마로 그는 어떤 '주의'나 '이즘'을 추구하지 않는다고 수차례 밝혀 왔다. 이 같은 작가의 태도는 사진과 회화, 추상과 구상, 채색과 단색의 경계를 넘나들며 영역을 확장해, 올해 90세가 된 그를 거장의 반열에 이르게 한 것이다.

게르하르트 리히터의 아카이브는 2006년 독일 국립미술관에 소속되어 문을 열었다. 이는 작가의 명성과 현재 위치를 보여주는 바로미터다. 하지만 우리가 진정 생각할 부분은 아야진 해변도로 경계석과 리히터의 작가적 태도가 우리에게 던진 질문이다. 당신은 당신의 삶을 새롭게 하고 있는가? 아야진 해변의 경계석과 그의 작품을 마주한 채, 나 자신의 어제와 오늘을 곱씹어 본다.

이렇게 좋을 줄 몰랐어

남수연

"오! 엄마 생기가 넘치는데, 여행이 즐거웠나 봐?"

집에 들어서니 아들이 장난스레 말을 건넸다. 여행에서 돌아오면 녹초가 되곤 했다. 여행 전 마음은 부산했고, 여행 중 몸은 지쳤다. 그러나 초록이 짙어가는 오월 하순 여행은 달랐다.

대학 친구들과 오랜만의 여행이었다. 어디로 갈지 의견이 분분했다. 논의 끝에 여러 곳에 다니기보다는 한곳에 머무르며 천천히 여행하기로 했다. 여행의 방법을 정하니 장소와 일정 잡기는 쉬웠다. 각자 집에서 비슷한 거리인 데다 대중교통을 이용하여 갈 수 있는 강릉이 최적이었다. 숙소는 산책하기 좋은 경포호 부근 선교장으로 정했다.

선교장에 들어서니 60m 정도 반듯하게 펼쳐진 솟을대문과 행랑채 뒤로 층층이 들어선 한옥이 위엄있게 다가왔다. 넓은 마당 가득한 하얀 마거릿 꽃을 보니 마음이 설렜다. 꽃밭을 누비며 사진 찍는 친구들 모습은 나풀거리는 나비 같았다. 솟을대문을 지나니 선교장 사랑채 열화당이 나왔다. 열화당 서쪽 중사랑이 우리의 숙소였다. 이곳에 여장을 풀고 저녁 식사를 위해 강문해변으로 향했다.

경포호 남쪽을 걷다 북쪽으로 돌아왔다. 왕복 9㎞ 정도 되는 거리다. 벚나무가 줄지어 선 흙길에서 삼삼오오 팔짱을 끼고 걸었다. 팔짱 끼고 걸어본 게 얼마 만인가? 대학 졸업 이후 기억이 없다. 구불거리며 하늘로 높이 솟은 소나무 숲길을 지나니 바닥에 떨어져 있는 까만 물체가 눈길을 끌었다. 오디였다. 오디를 따서 하나는 친구 입에 넣어 주고, 하나는 손바닥에 놓아줬다. 나이를 잊고 어린아이처럼 하하 호호 신이 났다. 경포호에 내려앉는 햇살, 우리를 따라붙은 긴 그림자도 덩달아 춤을 췄다.

중사랑은 방방곡곡에서 온 귀한 손님의 거처였다. 이들은 세상 이야기를 풀어내며 서로 다른 세상을 만났다. 우리는 살아온 이야기보따리를 펼쳐놓고 서로의 사정을 만났다. 차를 공부하는 친구 덕분에 분위기는 그윽해졌다. 친구는 다기를 가져와 우아한 손놀림으로 차를 내렸다. 차향이 방 안에 가득했다.

몸이 불편하신 부모님을 일주일 중 사흘이나 돌보는 친구는 "두 분만 남겨 놓고 돌아서면 어린아이를 떼어 놓고 오는 느낌이야. 집에 와서도 계속 그 모습이 떠올라."라고 담담하게 말했다. 촉촉한 그녀의 목소리에 친구들 눈도 촉촉해졌다. 풀어놓은 이야기를 듣다 보니 '사람 사는 일 모두 거기서 거기'라는 생각이 들었다. 사정 모를 때는 친구가 부럽

기도 하고 샘나기도 했지만, 속내를 들여다보면 비슷했다. 밤이 깊어질수록 이야기도 깊어졌다. '그랬구나, 몰랐네, 힘들었겠네, 애썼어!'라는 반응을 보이며 공감하고 서로 위로했다. 만물도 이야기에 집중하고 있는 듯 밤은 고요했고, 뻐꾸기는 철없이 울었다.

투명한 햇살의 부드러운 손길에 잠이 깼다. 머리는 맑고 눈은 밝았다. 친구들은 선교장 산책길로 걸으러 가고 나는 중사랑 툇마루에 앉아 열화당을 화폭에 담았다. 여행 중 그림 그리기는 처음이다. 꼭 해보고 싶었는데, 원을 풀었다. 열화당을 차분하게 뜯어보니 날아갈 듯한 추녀, 누마루가 멋졌다. 감꽃 목걸이를 걸고 신난 어린아이 얼굴로 친구가 돌아왔다. 내가 가르쳐준 대로 만들었더니 예쁘다며 자랑스러워했다. 전날 산책길에 떨어져 있는 감꽃을 보고 어릴 적 감꽃 목걸이 만든 이야기를 들려줬다.

선교장 인근 허난설헌 생가에 들렀다. 생가 옆 소나무 숲을 걷기 위해서였다. 생가에 들어섰을 때 해설사가 있었다. 설명을 부탁하니 쾌히 응해주었다. 간단히 들을 생각이었다. 그러나 역사를 전공한 우리는 허난설헌의 삶과 문학에 금세 빠졌다. 초롱초롱한 눈으로 집중해 들으니 해설사는 우리를 마루에 앉히고 신이 나서 이야기를 이어갔다. 친구들은 질문하며 대학 답사 때처럼 지적 호기심을 발산했다. 스무 살 풋풋한 학생으로 돌아간 느낌이었다. 소나무 숲길 걷는 시간은 줄었지만, 걸으면서 친구들과 깊이 있게 대화할 수 있었다. 고난을 피하려 하면 상처가 되고 담담하게 받아들이면 삶이 완성된다는 결론도 냈다. 헤어질 때 친구가 들뜬 목소리로 말했다.

"이번 여행 이렇게 좋을 줄 몰랐어."

열차를 타고 돌아오는 길, 친구에게 가졌던 마음이 출발할 때와 달랐다. 친구를 조금 더 알게 되고, 더 좋아졌다. 40년 지기 친구와의 우정 테가 단박에 몇 배 더 늘어난 느낌이었다. '만나고 머무르며 걷기'라는 목적에 맞춰 마음을 비우니 '우정 테'라는 귀한 선물이 채워졌다. 헤어지면서 친구에게 미처 대답하지 못한 말이 생각났다.

"친구야! 나도 이렇게 좋을 줄 몰랐어."

책방 여행에서 처음 만난 십 년 지기

김현정

사당에 작은 책방 '지금의 세상'이 있다. 줄여서 '지세'라 부른다. 직원은 '지지님', 손님은 '세상님'이다. 지세에서는 방문객이 종이에 사연을 적어 남기고 책을 처방받는다. 노란 메모지가 버건디색 벽면에 가득하다. 매주 열리는 독서 모임에서는 주로 심리와 철학 관련 책을 다룬다. 프로그램도 다양하다. 개인의 시공간과 인간관계를 들여다보고 코칭하는 '나의 세상 정리기'가 대표적이다.

푸르름이 짙어가던 7월 '지세 수학여행'을 다녀왔다. '오월의 푸른 하늘'에서 북 스테이를 하는 1박 2일 코스다. 지세 주인장이 반딧불에 반한 경험을 세상님과 나누고 싶어 기획했다고 한다. 나는 오롯이 고요에 빠져보겠다며 신청했다가 '지금의 살롱'에서 사람의 빛이 반딧불이 보다 아름답다는 깨달음을 얻었다.

'오월의 푸른 하늘'은 이천에 있는 독립서점이다. 너른 마당에 한옥 세 채가 나란히 서있다. 테라스에는 의자 여럿이 놓여있는데 여기서 책을 읽으면 푸른 하늘이 한눈에 들어온다. 책방 이름이 여기서 나왔구나 싶다.

서가를 구경하는 동안 세상님이 차례로 도착했다. 지지님을 포함해 모두 9명이다. 수학여행 모집 페이지에서 지세를 처음 알게 된 참가자도 있었다. 지세에 가까이 사는 어떤 세상님은 당근 거래를 했던 사람을 여기서 다시 만났다며 놀라워했다. 사당 참 좁다고 웃었다. 이야기를 나누다 보니 책에 대한 경험이 비슷해 오랫동안 알던 것처럼 느껴졌다.

저녁에 '지금의 살롱'이 열렸다. 지금의 살롱은 늦은 밤 지세에서 맥주 한 잔으로 볼을 붉히며 고민을 나누고 신청곡을 듣는 시간이다. 별채인 '오월의 헌책방'에 다과가 준비됐다. 사방이 책이었다. 모인 이들 모두 책을 좋아하는 사람들이다. 서로를 바라보는 시선이 따뜻했다.

"해방되고 싶은 무언가가 있나요?"

주인장이 꺼낸 질문에 살이 붙고 피가 흐른다. 어느 세상님은 최근 연인과 이별했다고 털어놓았다. 공교롭게도 같은 사연의 참가자가 더 있었다. 둘의 목소리는 차분했다. 이들의 기억이 공중으로 흘러나와 우리의 한숨과 섞였다. 각자 연애했는데 스토리가 닮았다. 물리적인 힘이 작용하는 한 여성은 약자다. 헤어지자는 말을 만나서 할 수 없었겠다 싶었다. 두려움이 유전자에 새겨져 더욱 그랬을 거다. 한목소리로 마음을 다독였다. 눈물은 없었다. 속 깊은 이야기를 꺼낸 두 세상님은 평안해 보였다.

18개의 눈동자가 서로에게 묻고 답했다. 누가 무슨 말을 했는지 다 기억할 수 없지만, 마치 한 사람처럼 이야기가 매끄럽게 흘렀다. 하얀 이가 드러났다. 유쾌한 웃음소리가 무거운 공기를 밀어냈다. 나는 들떠서 다음에는 꼭 4시에 만나자고 말했다. 그러면 3시부터 행복해질 거라고 덧붙였다. 웃음보가 한꺼번에 터졌다. 누군가가 "책 좀 씹어 드셨군요!"라며 엄지를 세웠다. 모두에게 환대를 받으니 내가 『어린 왕자』와 『책 먹는 여우』에서 튀어나온 여우가 된 기분이었다. 즐겁고 편안하고 행복했다.

강물 같은 이야기는 늦게까지 이어졌다. 잔잔하게 또 급하게 흘렀다. 책으로 둘러싸인 '안전한' 공간에서 빛이 나는 세상들에 흠뻑 취했다. 마음 잘 통하는 십 년 지기와 함께한 저녁이었다.

고요하게 다독여 준 향일암 풍경 소리

전비안

휴대전화가 책상 위에서 빙빙 돌았다. 전화를 받고 무슨 말을 해야 할지 떠오르지 않았다. 오전 10시, 몸에 힘이 쭉 빠졌다.

서울 사는 큰언니는 여수 출발 하루 전 속초에 도착했다. 공항과 가까운 속초 작은언니 집에서 하루를 보냈다. 방금 지갑을 열다가 신분증 없는 것을 알았다고 변명했다. 처음 있는 일이라 공항에서 일러주는 대로 언니에게 전달했다. 조금 일찍 도착하라는 내용도 함께였다. 서울, 속초, 강릉에 사는 우리 세 자매는 여수로 출발하기 위해 양양 공항으로 향했다.

공항 자동 발급기에서 주민등록 등본을 출력했다. 빠른 걸음으로 항공사 카운터 앞에 다가섰다. 큰언니 개인 정보를 기록하는 직원 볼펜이 바쁘게 움직였다. 주민등록증 대신 비닐 팔찌를 언니 손목에 채웠다. 한 시간만 허용되는 신분증이다. 시간 지나면 탑승 못 한다며 주의를 부탁했다. 일행이 많든 적든 여행길은 이변의 연속이다. 탑승객 줄이 대

합실 안쪽 가장자리를 한 바퀴 돌아 이어졌다. 우린 마지막 순서로 비행기에 올랐다.

섬과 섬 사이 다가오는 반짝이는 물결

두려움 많은 큰언니를 가운데 자리에 앉혔다. 작은언니와 옆에서 안전벨트를 고정했다. 빨간 등이 꺼지고 스르륵 노곤한 잠에 빠졌다. 여수 도착 안내 방송에 눈을 떴다. 창문 안쪽 가림막을 올렸다. 동해에서 나고 자란 우리 세 자매는 처음 보는 남도 풍경에 눈이 두 배로 커졌다. 연신 셔터를 눌렀다. 비행기 안에서 처음 만난 여수는 신비스러웠다. 일렁임 없는 파도, 회색 물빛, 바다에 누워 있는 크고 작은 섬이 눈을 따라왔다.

내비게이션을 작동시킨 택시 기사는 후방 거울을 보며 뒷좌석을 살폈다. 몇 번을 망설이더니 말문을 열었다. "어디서 오셨소? 혹시 자매들이오? 여수는 처음이쥬. 숙소는 인터넷으로 예약하고요?" 구수하고 찰진 남도 사투리 들을 거란 기대는 빗나갔다. 전라도, 충청도, 서울말이 섞였다. 사투리를 자제하려고 노력했다. 기사님 재미있는 말투에 모두 웃음이 번졌다.

숙소는 외곽에 자리했다. 택시 앞 좌석 뒷주머니에 꽂혀있는 여수 지도를 보고 고개를 끄덕였다. 기사는 잠잘 곳을 멀리 정했냐고 말이었다.

바다를 끼고 산을 빙글빙글 돌아 육지와 섬을 잇는 다리를 지나자 숙박단지가 나왔다. 지은 지 얼마 되지 않았는지 외관은 모두 새 건물처럼 보였다. 시내와 다소 떨어져 있었지만 아늑하고 조용해 다행이었다.

출입문 카드키에 파란불이 번쩍였다. 통창으로 남해가 펼쳐졌다. 살아 숨 쉬는 바다. 창틀이 액자로 변신했다. 가방을 팽개치고 환호성을 질렀다. 다도해 여수는 깊은 동해와 달리 하루에 두 번 물이 이동한다. 바다 곁을 지키는 섬은 아기자기 정답게 보였다. 육지와 섬을 가로지르는 다리 밑으로 집 나간 썰물이 밀물 되어 돌아왔다. 우리를 향해 경주하듯 달려왔다. 반짝이는 물결이 먼 데서 온 여행객을 환영했다. 누가 먼저랄 것도 없이 소파와 침대 의자에 기대 점점 차오르는 풍경을 넋놓고 바라보았다.

큰언니 시선이 느껴졌다. 작은언니와 나를 번갈아 가며 눈 맞춤을 시도했다. 눈길을 피했다. 옴짝달싹 않고 널브러지고 싶었다. 우리 세 자매 성격은 물과 기름처럼 다르지만, 정 많고 의리가 강한 건 쌍둥이 같다. 큰언니 성화에 맛집을 검색했다. 간장게장과 서대 회를 먹고 시내를 걸었다. 평일 저녁 오후, 거리엔 사람이 드물었다. 낮 기온이 많이 올랐던 사월 중순, 늦은 밤 시원한 바람이 살갗에 닿았다.

돌 틈 끝에 빛나는 한 줄기 빛

버스 기사는 한 사람씩 태웠다. 예약자 명단을 일일이 확인했다. 여행을 계획했던 2주 전 여수 시티투어 버스를 예약하면서 제1코스를 선택했다. 오동도, 진남관, 이순신 광장, 해양수산과학관, 향일암, 수산물 시장 등을 관람하고 여수엑스포역으로 다시 돌아오는 일정이었다. 알차게 짜인 프로그램이었다. 낯선 곳에서 운전은 자신이 없었다. 여수 '낭만 버스'로 마음껏 즐기고 싶었다.

향일암에서 본 바다

여행 수첩엔 '낭만 버스' 일정 중에 향일암 기억이 진하게 남았다. 남쪽 바다 경계에 있는 향일암은 바다를 향해 햇살을 품고 있다. 남해 보리암, 양양 낙산사, 강화 보문사와 함께 한국 4대 관음성지 중 한 곳이다. 관음성지는 '관세음보살님이 상주하는 성스러운 곳'이라는 뜻이다.

시작점인 돌산 갓김치 거리부터 언덕이다. 올라가는 길

양옆에는 전국으로 맛 자랑 나갈 갓김치, 파김치, 총각김치 박스가 즐비했다. 양념 버무리는 매콤한 젓갈 향기에 군침이 돌았다. 이곳 갓김치가 맛있다는 기사님의 귀띔에 택배로 주문했다.

절 입구부터 수직 계단이 버티고 있었다. 뙤약볕에 속도가 나지 않았다. 숨이 턱 밑까지 차올라 포기하고 싶었다. 한 걸음 옮길 때마다 느린 동영상을 보는 듯 무거웠다. 마스크를 썼다 벗었다 반복하며 계단 중간쯤 올랐다. 신발을 벗어들고 허리를 숙여 무릎에 손을 댄 채 거친 숨을 골랐다. 큰언니는 올라올 기미가 없었다. 못 가겠다며 계단에서 손사래 쳤다. 마스크 안까지 땀으로 젖었다.

웃음기 가득한 동자 불상이 나타났다. 길에 앉아있는 세 동자승은 입을 막고, 귀를 막고, 눈을 가렸다. 불언(不言), 불문(不聞), 불견(不見). 남의 허물은 말하지도 듣지도 보지도 말라는 뜻이다. "마음속이 탐욕과 성냄과 어리석음으로 가득한 중생들은 고요하고 안락한 최고의 진리를 알 수가 없다"는 『화엄경』에

향일암 해탈문

나오는 말씀이 생각났다.

해탈문 앞에서 가쁜 숨을 토해냈다. 바위가 만든 좁고 어두운 통로 입구에 섰다. 축축한 이끼가 붙어있는 돌 틈 끝에 한 줄기 빛이 들어왔다. 언제쯤 고뇌와 집착에서 벗어날 수 있을까? 욕심을 버려야 들어갈 수 있는 문이다. 뒤돌아보니 가파른 언덕길이 눈에 들어왔다. 쓰러지고 넘어져도 다시 일어나 오체투지 하며 살았던 언니의 길이 지나갔다.

하늘 소풍 떠난 아버지. 내가 10살 무렵이었다. 어린 나이 생활 현장에 뛰어들었던 두 언니는 나에게 눈물이었다. 두렵고 무서운 세상과 싸우며 숨고 싶을 때가 얼마나 많았을까. 삶의 테두리에서 참고 버티며 소시민으로 잘살아왔다. 배운 기술이 있어 행복하다며 일을 놓지 않는 언니들. 상체를 숙이고 최대한 낮은 자세로 작은언니 옷자락을 잡고 통로를 빠져나왔다.

눈이 부신 햇살이 부처님처럼 품어주었다. 그리운 고향 시골 오두막에서 풍겨 나오는 램프 불빛처럼 따뜻했다. 땅끝. 절벽 위에서 내려다본 바다는 비단 천을 깔아놓은 듯 잔잔하고 정지된 화면처럼 조용했다. 향일암 풍경소리가 어깨를 다독여 주었다.

(잃어버린 어린 시절을 찾아 떠나는 언니와 2박 3일, 여정 1- 제주, 여정 2- 여수, 여정- 10이 될 때까지 뚜벅뚜벅 걸어갈 것이다.) The end.

여정 2-여수 사진첩

뜻밖의 산책

김정숙

시작은 산책이었다. 소나기가 지나간 뒤 날씨는 청명했다. 시원한 바람을 느끼며 남산을 걸으니 기분도 상쾌했다. 길은 복원된 한양 도성으로 이어졌다. 도성을 쌓은 돌 모양이 시대별로 달랐다. 이 중에는 조선 건국 때 쌓은 돌도 있다. 아직까지 남아있다는 사실이 놀라웠다. 태조 이성계 때 돌은 금방 찾을 수 있었다. 빛바랜 이끼 낀 거대한 돌을 찾으며 걷다 보니 '조선 신궁 배전터'라는 안내판이 눈에 들어왔다.

"신궁? 남산에 왜 이런 것이 있는 걸까?" 갑자기 호기심이 발동했다. 스마트폰을 꺼내 검색에 들어갔다. 남산에 신궁이 세워진 사연이 좌르르 쏟아졌다. 남산은 경성을 한눈에 내려다보기에 최적의 장소다. 일본은 이곳에 신궁을 세워 일본 신을 찬양하게 만들고 우리 민족의 정신 세계를 지배할 목적이었다. 홍보 행사로 경성 기차역도 함께 개원했다. 1호 고객은 일본 최고신 아마테라스 오미카미의 신체 일부였다. 일본을 출발, 부산에서 기차를 타고 경성에 내려 남산을 가로지르는 거대한 계단을 올라 그들의 신을 모신 것이다. 우리의 산신을 쫓아낸 곳에.

언제 조선 신궁이 없어졌을지 궁금했다. 다시 스마트폰을 들었다. 광복 후 일본 스스로 소전 시키고 가장 먼저 챙겨갔다. 훼손이 두려웠던 것 같다. 현재는 이 터에 안중근 의사 기념관이 세워져 있다. 모욕받은 상처를 애국지사의 기운으로 뿌리 깊게 눌러주고 있다.

캔 커피를 마시며 아름다운 남산을 바라본다. 이젠 내려갈 시간이다. 하산 길에 '국치의 길'이란 안내판이 눈길을 끌었다. "국치의 길이 뭘까?" 또 궁금증이 발동했다. 하산을 미루고 길을 따라나섰다. 강력한 노란색이 인상적인 리라초등학교와 사회복지시설인 남산원이 나란히 서 있다. 두 건물을 바라보니 마음 한구석이 아프다.

남산원 자리는 노기 신사가 있던 곳이다. 러·일전쟁의 영웅인 노기마레스키처럼 충성하라고 세웠다. 그 옆 숭의여대는 경성 신사가 있던 곳이다. 조선 신궁이 세워지기 전까지 가장 큰 신사였다. 신궁만 있는 것이 아니라 신사도 많았다는 사실이 놀라웠다. 남산을 일본 신의 정원으로 만든 것 같다.

숭의여학교는 신사참배를 거부하고 스스로 폐교했다. 광복 후 경성 신사 건물에 "숭의 정신이 일본 제신을 눌렀다"라 쓰고, 태극기를 걸고 학교를 재건했다. 본관에 걸린 사진을 보니 통쾌한 기분이 들었다.

시계를 보니 산책을 시작한 지 2시간쯤 흘렀다. 다리도 살짝 아프다.

그러나 아직 '국치의 길'에 닿지 못했다. 나의 호기심은 다시 나를 이끌었다. 커다란 나무 두 그루 사이로 거대한 돌이 보였다. '통감관저 터'라고 쓰여있었다. 바로 이곳이 이완용과 데라우치 마사타케가 한·일병합조약을 성사시키고 샴페인을 터트린 곳이었다. 일제에 우리나라가 넘어간 국가 치욕의 현장이다.

조선 신궁 배전터

"이런, 왜 여태 이곳을 몰랐을까?" 이젠 다리 아픔도 못 느끼고 바쁘게 검색에 들어간다. 기억에서 사라진 이유는 그 무섭다던 중앙정보부가 남산에 들어선 후 일반인 출입이 통제된 채로 오랜 시간이 지나서다. 한 학자의 노력으로 발견되어 경술국치 100주년을 맞아 역사문제연구소가 통감관저 터란 표지석을 세웠다. 기억하지 않는 역사는 다시금 반복된다. 그날의 치욕을 잊지 않기 위해 표지석이 서있다. 그리고 이곳으로 향하는 '국치의 길'을 만든 것이다.

민족의 상처가 시작된 곳에서 만감이 교차했다. '기억의 터'에서 많은 것을 느꼈다. 아름다운 남산에 숨겨진 그림자를 찾아다닌 뜻 있는 산책이었다. 마음속 깊은 곳의 울림을 느끼며 집으로 향했다. 시작은 산책이었으나 끝은 기억이었다.

고성·속초·강릉·삼척으로 떠난
— 강원도 공정여행 —

임복재

　　강원도 고성, 속초, 강릉, 삼척으로 피서를 떠났다.

　이번 여행은 산불 피해를 입은 강원도민의 관광객 유치 캠페인 '나는 강원도로 갑니다'에 참여한 공정여행이었다. 지역 주민과 소통하고 조금이나마 지역 경제 활성화에 도움이 되기를 바라는 마음을 안고 강원도로 향했다.

속초, 반가운 울산바위와 아름다운 바우지움

　'나는 강원도로 갑니다' 첫째 날 일정은 고성과 속초였다. 아침 일찍 설악산국립공원 울산바위에 올랐다. 울산바위는 지난여름에도 올라 어렵지 않았지만 날씨가 더워 다소 힘들었다. 그래도 산에서 내려와 산채비빔밥에 시원한 막걸리 한잔을 곁들이니 기분이 더없이 상쾌했다.

　칠성조선소 살롱은 속초의 이야기를 품고 있는 공간이다. 칠성조선소는 1952년에 개업해 60년이 넘는 기간 동안 배를 만들던 곳이다. 2018년 문화 예술 공간으로 새롭게 꾸며 사람들에게 공개했다. 카페 앞 의자에 앉아 그득히 물결치는 바다를 바라보며 차 한 잔의 여유를 즐겼다. 1956년에 문을 연 동아서점은 3대째 운영하는 서점으로, 63년의 역사를 자랑하는 동네 책방이다. 카페와 같이 편안한 공간에서 편안한 마음으로 시간 가는 줄도 모르고 책을 보았다. 서점의 역사를 보여 주는 엽서도 한 장 얻고, 운영자가 직접 쓴 『아주 사적인 속초 여행지도』를 샀다. 우리 동네에도 동아서점과 같은 책방이 하나 있었으면 좋겠다 싶었다.

건축가 김인철 씨가 설계한 고성 조각미술관 바우지움은 자연과 건축, 조각이 한데 어우러진 힐링 공간이다. 5,000평 규모로 물의 정원, 돌의 정원, 잔디 정원, 소나무 정원이 하나같이 아름다웠다. 조각미술관 앞에 산불로 검게 타 죽은 소나무가 있었다. 가슴이 아릿했다.

강릉, 눈부신 가시연꽃과 귀한 무궁화꽃

'나는 강원도로 갑니다' 둘째 날은 강릉이었다. 경포 가시연습지를 시작으로 강릉 선교장과 강릉 방동리 무궁화, 소돌아들 바위공원을 돌아봤다.

경포 가시연습지에서는 가시연꽃을 만나 뿌듯하고 기뻤다. '그대에게 행운을'이라는 가시연의 꽃말처럼 행운을 안았다. 수련과에 속하는 일년생 수초인 가시연은 멸종위기 야생생물 2급으로 지정된 보호 식물이다. 7년에 걸친 습지복원사업 끝에 반세기 만에 다시 꽃을 피웠다. 경포 가시연습지 내 드넓은 연꽃단지에는 연꽃과 수련도 활짝 피어 눈부시게 아름다웠다. 300년 전통의 한국 최고의 전통가옥 강릉 선교장을, 전문 해설사의 흥미롭고 깊이 있는 해설을 들으며 둘러보았다. 아름드리 소나무가 우거진 선교장 둘레길도 걸었다.

강릉 선교장 근처 초당순부두집은 사람들로 초만원이었다. 4시간을 기다려야 한다고 해 선교장 매표소 직원이 추천한 '엄마손 막국수'로 발길을 돌렸다. 동치미막국수를 맛있게 먹었다. 육수가 시원해 더위가 싹 가셨다.

점심 식사 후에는 천연기념물 제520호로 지정된 '강릉 방동리 무궁화'를 찾아 나섰다. 강릉 박씨 종중(宗中) 재실(齋室)에 있는 방동리 무궁화는 수령이 120년, 가장 굵은 밑둥의 둘레(근원 둘레)가 146cm로 우리나라에서 가장 크고 오래된 무궁화다. 꽃은 홍단심계(紅丹心系, 붉은 꽃잎에 화심도 붉은빛이 돎)로 순수 재래종의 원형을 간직하고 있다. 나라 경제가 걱정되는 때라 그런지 우리나라 꽃 무궁화가 더 귀하고 아름다워 보인다. 오후 늦게 주문진 소돌아들 바위공원, 영진해변을 드라이브하고 박이추 커피공장 보헤미안에서 아이스 커피 한잔을 마시며 강릉 여정을 마무리했다.

삼척, 투명한 장호항과 신비한 이끼폭포

　'나는 강원도로 갑니다' 셋째 날은 삼척 장호항을 거쳐 삼척 도계 무
건리 이끼폭포로 향했다.

삼척 도계 무건리 이끼폭포

　장호항은 장호역에서 용화역까지 바다를 건너는 해상케이블카를 운행한다. 타보고 싶었지만 3시간을 기다려야 한다는 말에 탑승을 포기하고 장호역 뒤편 둘레길을 걸었다. 전망대에서 바라보는 장호항, 에메랄드빛의 맑고 투명한 바다와 해안가 기암괴석이 파란 하늘과 어울려 장관이다. 투명 카누와 스노쿨링, 씨워크를 즐기는 사람들이 많았다. 보는 것만으로도 젊은 사람처럼 신이 났다. 회센터에서 회와 해산물을 배가 부르도록 실컷 사 먹었다. 고깃배가 밤새

잡아 올린 생선으로 그 맛이 싱싱하고 향기로웠다.

장호항을 뒤로하고 태고의 신비를 간직한 삼척 '도계 무건리 이끼폭포'로 향했다. 과거 호랑이가 출몰하던 첩첩산중 육백산(1,244m) 능선을 따라 3.5km 걸어 들어갔다. 깊은 산속에 숨어있어 널리 알려지지 않았으나 최근 영화 「옥자」 촬영지로, 사진작가들의 작품을 통해 입소문이 나면서 발길이 끊이지 않는다고 한다. 바위마다 짙게 뒤덮은 초록의 신비로운 이끼, 세차게 쏟아지는 폭포수, 골짜기에서 불어오는 시원한 바람이 우리를 맞았다. 이끼폭포까지는 왕복 7km로 한여름 걷기에는 꽤 먼 거리였다. 하지만 집 앞동산처럼 오르내릴 수 있는 건강이 얼마나 큰 축복인가.

평화와 생명의 땅, DMZ 고성 평화의 길

'나는 강원도로 갑니다' 넷째 날은 'DMZ 고성 평화의 길'을 탐방했다. 통일전망대에서 해안 철책을 따라 금강 통문을 거쳐 금강산전망대(717OP)까지 가는 코스였다. DMZ 고성 평화의 길은 하루 탐방 인원이 정해져 있어 신청제로 운영하는데, 방문신청 세 번 만에 당첨의 행운을 안았다. 금강산전망대에 오르니 휴전선과 북녘땅이 지척이다. 안개가 끼어 금강산과 해금강이 보이지 않아 아쉬웠다. 그러나 금강산의 끝자락인 구성봉과 「선녀와 나무꾼」의 배경으로 알려진 감호를 가까이에서

볼 수 있어 가슴이 벅찼다.

　DMZ 평화의 길을 걸은 후 고성군이 추천한 맛집을 찾아 대진항으로 갔다. 가자미, 오징어, 해삼 등 신선한 해산물이 듬뿍 들어간 물회가 상큼했다.

　4일 동안 강원도 여행은 고성 DMZ에서 마무리했다. 전쟁과 분단의 상징인 DMZ가 평화와 생명의 땅으로 다시 태어나고 있다. 남과 북이 자유롭게 오갈 수 있는 평화의 길은 언제 열릴는지!

금강산 전망대에서 바라본 구성봉, 감호, 동해안

일상에서 로그아웃

3부.

놀라운 지구촌

낯선 긴자, 아는 이름

신기혜

　'긴자에서 긴장이 되는 건 당연해. 괜찮아, 여행은 원래 낯선 걸 해보는 거니까.'

　번쩍번쩍 새로이 문을 연 쇼핑몰 게이트에서 퍼스널 쇼퍼를 기다리고 있었다. 퍼스널 쇼퍼라니. 퍼스널 쇼핑이건 퍼블릭 쇼핑이건 쇼핑이라면 몸이 녹아 없어지는 듯 싫어하는데 말이다. 저렴한 비행기 표가 나왔다며 아이들을 보고 있을 테니 놀고 와보라는 배우자 말에 느닷없이 홀로 도쿄에 온 것이다. 도서관에서 급히 빌려온 여행 책 내용 절반은 쇼핑 안내였다. 긴자가 유명하다는데, 평소대로라면 가게 앞에서 쭈뼛거리다가 편의점 호로요이나 사서 숙소로 돌아올 것 같았다. 멍석을 깔아줘도 못 놀까 은근 조바심이 났다. 여행은 새로운 걸 경험하라고 있는 게 아닌가. 내가 못하면 남의 기운이라도 빌려볼까. 에어비앤비를 뒤져 체험 여행을 찾았다.

　'퍼스널 쇼퍼와 함께하는 도쿄 쇼핑 투어'

이거다! 명품 매장에서 수많은 손님을 상대해 온 이가 다양한 패션 스타일과 특별한 로컬 브랜드를 소개해 준단다. 쇼핑 어지럼증 때문에 지천에 널린 가게들을 피로하게 지나쳐만 가는 소외감을 떨치고 싶었다. 긴자에 밝은 안내자가 있으면 소모할 시간과 비용에 알맞은 좋은 물건을 들고 돌아갈 수 있겠지. 눈 딱 감고 글로벌 여행객 사이로 뛰어들어 보자. 영화에나 나오는 쇼퍼의 도움을 받아보자.

맨해튼에서 왔다는 모녀, 그리고 네덜란드 청년과 오늘의 호스트 히로를 만났다. 그는 우리를 이끌고 거대한 쇼핑몰의 몇 개 층은 건너뛰고 수십 개의 가게 사이 한두 곳만 골라 멈추었다. '그래, 바로 이런 걸 원했어.' 빠른 이동이 만족스러웠다. 멈추는 곳마다 브랜드의 특징에 대한 간단한 설명이 있었다. 일본 면화 산업의, 일본 청바지 염색 기술의, 일본 한정판 디자인의, 일본 장인정신 품질의 소개가 이어졌다. '강매도 하지 않고 아주 좋아. 일본 데님이 특별한 건 처음 알았네.' 소소한 정보들이 채워지니 아직은 몸도 녹아내리지 않고 괜찮았다. 맨해튼 모녀는 명품 편집샵에서, 네덜란드 청년은 아방가르드한 신진 디자이너 가게에서 옷을 골랐다. 명품은 미취학 어린이와 놀이터로 출근하는 내 일과에 가당치 않았고, 아방가르드 옷은 정말이지 아방가르드 했다. 그들을 기다리는 내가 무료해 보였던지 히로가 다가와 물었다(둘 다 제2외국어로 간신히 소통했으므로 존대어를 생략한다).

"너는 뭘 사고 싶어?"

"검정 운동화랑 남편 줄 하얀 티셔츠."

"음 정말 좋은 운동화가 있어. 바로 이거야. 일본에선 아주 오래된 브랜드지."

"얼마야?"

"60만 원."

"헉!"

"절대 안 뜯어져."

히로는 60만 원짜리 운동화를 집어 들고 자신을 믿으라는 듯 꽈배기마냥 이리저리 비틀어 댔다. 그러다 뜯어져서 진짜 사야 하면 어쩌려구! 그의 말을 믿는다 해도 고무신에서 조금 발전한 검정 운동화의 지나친 가격은 그냥 지나치기로 했다.

"비싸(어서 내려놔)."

일행은 마지막으로 사시사철 휴가지 룩을 언제나 살 수 있다는 재미난 가게에 들렸다. 마지막이니만큼 쇼핑 리스트에 있는 남편 선물은 해결하면 좋겠다.

"히로, 남편 옷 고르는 것 좀 도와줄래?"

"어떤 스타일인데?"

"단정하고 그냥 하얀 티를 좋아해."

"이건 어때?"

"너무 큰데."

"체격이 어때?"

"너랑 비슷해."

"이건 어때?"

휴양지 패션이라 그런지, 옷들이 유독 파자마처럼 헐렁한 실루엣이었다.

"음, 나는 히로 네가 지금 입은 게 딱 좋아. 그건 어디서 샀어?"

자신의 스타일을 콕 집어 좋다고 말해서인가, 그는 두 손 가득 들었던 옷들을 매대에 내려놓더니 천연 어깨 뽕을 살리는 자세로 상체를 움찔움찔 돌려가며 말했다.

"유니클로."

히로 덕분에 긴자의 쇼윈도 앞에서 쭈뼛거리지도 않고, 일본 패션 브랜드에 대해서도 배우고, 외롭지도 않게 구경을 마쳤다. 그리고 호로요이 하나를 사서 숙소로 돌아왔다. 남편에게 메시지를 보냈다.

"오늘 긴자에서 퍼스널 쇼퍼를 만나서 일본 패션 브랜드에 대해서 배웠어. 당신 선물을 사려고 했는데, 그 사람이 입고 있는 옷은 유니클로래. 그래서 이번에도 아무것도 못 샀어."

호로요이는 달고 시원했다.

머무르지 않고, 여행

이승화

"계속 이렇게 머물러 있을 거야?"

16살의 내가 말을 걸어왔다. 둘째 아이를 낳고 출산휴가 중이던 2019년 여름이었다. 푹푹 찌는 날씨는 갑갑했고, 엄마라는 이름의 울타리는 답답했다. 내가 원했던 삶은 이런 게 아니었다. 한때는 뚜벅이 여행을 좋아하고 노숙도 마다치 않았으며, 게스트하우스에서 다양한 사람들과 어울리는 걸 즐겼다. 그래서 꿈과 모험이 가득한 삶을 살 줄 알았다.

20년 전 첫 배낭여행은 강렬했다. 두 살 아래 여동생과 인도네시아와 말레이시아, 싱가포르를 돌아다녔는데, 영어 실력이 변변치 않아 선생님은 우리가 한국에 돌아오지 못할까 봐 걱정하셨다. 부모님은 비행기 표와 돈만 주셨다. 비행기 표는 출국과 입국 국가가 달랐고, 돈은 미국 달러라 현지에서 다시 환전해야 했다. 한 번도 해외에 가본 적 없는 부모님이 딸들을 어떻게 보내신 건지 지금도 궁금하다. 3주 동안 아찔

한 서바이벌게임 같은 여행을 했고 살아남았다. 덕분에 우리에겐 여행 DNA가 생겼다.

잠만 자던 여행 DNA가 꿈틀대기 시작했다. 워킹맘이라 시간 내기가 하늘의 별 따기인데, 둘째 출산으로 잠시 쉬게 되었으니 완벽한 타이밍이었다. 나는 첫째 아이의 영어 교육을 위해 국제유치원에 다녀오겠다는 그럴싸한 핑계로 해외 한 달 살기를 계획했다.

장소는 과거와 현재의 내가 모두 만족할 만한 말레이시아 조호바루로 선택했다. 여러 언어(영어, 중국어, 말레이어)를 배울 수 있고 치안이 비교적 안전하며, 물가도 저렴한 데다 싱가포르도 가깝고 친근했기 때문이다. 오랜만의 여행 준비에 콧노래가 절로 나서 갓난아기를 돌보는 고단함도 잊을 정도였다. 매미 소리가 귀뚜라미 소리로 변할 즈음, 아기는 백일이 되었다. 친정엄마와 둘째에게 미안한 마음을 뒤로 한 채, 세 살배기 첫째와 비행기에 올랐다.

여행은 원래 마음먹은 대로 되는 일이 별로 없다. 아이와 함께하니 짐이 너무 많았다. 나중에는 근육이 굳어 내 팔인지 '네 팔'인지 구분이 되지 않을 정도였다. 공항에서는 갑자기 비행기 탑승 게이트가 변경되어 미친 듯이 달렸다. 현지에 도착하자마자 유심(USIM)을 사서 차에 탔는데, 바늘 핀이 없어 유심을 꽂지 못해 전화도 못 했다. 밤 12시에 도착한 숙소 로비에서는 에어비앤비 주인과 연락이 닿지 않았다. 우리는 새벽 2시가 넘어서야 겨우 침대에 누울 수 있었다. 첫날부터 쉽지 않았다.

당황스러운 순간마다 엄마의 반응을 살피는 아이를 위해 별일 아니라고 능청스레 웃어줬다. 불안한 마음이 아이에게 전달되지 않도록 표정을 관리했다. 신기하게도 도움 없이는 아무것도 못 하는 아이인데, 존재만으로도 위로가 되었다. 엄마가 되니 더 강해진 것 같았다. 아이에게 줄 수 있는 최고의 선물은 함께 즐기는 이 시간이다.

'너도 힘든 일을 아무렇지 않게 툴툴 털어낼 수 있는 사람이 되었으면 좋겠다. 뜨거운 사막에 불시착하여 낯선 삶의 일부가 된다고 해도 즐길 수 있는 사람이 되었으면 좋겠다. 세상의 마지막 날에도 주변 사람에게 웃음을 주는 위트 있는 사람이 되었으면 좋겠다.' 이런 적응력 만렙의 여행 DNA를 물려준다는 건 얼마나 멋진가?

저녁에는 종종 현지 시장에 갔다. 많이 그리웠던 바나나 튀김과 꼬치구이 사떼를 더 이상 그리워하지 않을 만큼 먹었다. 내게는 동생과 추억이 담긴 음식이었고, 아이에게는 엄마와 추억이 담긴 음식이 될 것이다. 향긋한 냄새의 샛노란 열대과일을 한 봉지 사고, 달짝지근한 소스를 잔뜩 뿌려주는 빈대떡 모양의 주전부리도 손에 들었다. 아이는 좌판에 엉성하게 쌓아놓은 플라스틱 자동차 더미 앞에서 멈췄다.

"엄마, 이 포크레인 갖고 싶어."

가격도 안 쓰여있고, 포장도 없고, 대충 파는 걸 보니 공장 재고정리 상품인 것 같았다. 오래된 기억 속에 남아있는 말레이어 숫자를 끄집어냈다. 희한하게도 생각이 났다. 흥정을 하면서 혼자 감격에 젖었다. 이

동하는 버스에서, 배에서, 기차에서 닳고 닳을 때까지 뒤적였던 오렌지색 여행 포켓북의 맨질맨질한 감촉도 생각났다. 생존용 언어였기에 시간이 지나도 잊히지 않았나 보다. 아이는 포크레인과 덤으로 받은 미니 자동차를 보물처럼 소중하게 감싸 안았다.

한 달 살기 마지막은 남편 휴가 일정에 맞춰 싱가포르 여행을 하기로 했다. 모처럼 엄마, 아빠가 다 있어 아이는 한껏 들떴다. 싱가포르는 조호바루에서 기차로 5분 남짓이다. 빠르게 지나가는 차창 너머로 자동차 전시장인 양 꽉 막힌 도로가 보였다. 기차는 탁월한 선택이었다.

20년 전에도 이 도로는 상습 정체구간이었다. 어린 나는 국경을 통과하는 버스에 앉아서 배낭을 꼭 끌어안고, 졸음 실린 눈꺼풀을 부릅뜨며 행선지를 놓칠까 봐 마음 졸았다. 교통체증의 한 가운데 멈춰 있는 버스에 마치 그때의 내가 있는 것 같아서 나지막이 읊조렸다.

"그 여행은 끝났어. 너도 여기 머물러 있지 말고, 나아가자."

다시 만난 싱가포르는 여전히 화려하고 이색적이었다. 12월이라 여기저기 반짝이는 크리스마스 장식이 보였다. 여름 날씨에 울리는 캐럴송은 시원하고 경쾌했다. 발걸음마다 동생과 여행한 추억이 생각나 아련했다. 나는 싱가포르 곳곳에 머물러 있는 수많은 '나와 동생'을 찾아 각자의 길로 보냈다. 그리고 그 자리에는 새로운 가족의 추억을 다시 놓아두었다. 언젠가 아이가 와서 찾아주기를 바라면서 말이다.

한 달 살기를 하며 영어를 수확하게 될 줄 알았는데, 아이는 수영을 얻었다. 역시 아이를 키우는 것은 여행과 같아서 내 뜻대로 되는 게 없다. 그래, 이렇게 마음대로 되지 않는 순간조차 빛날 수 있도록 마음 수양을 하는 게 여행이지.

아이는 처음으로 튜브를 혼자 탔고, 며칠 뒤 구명조끼만 입은 채 물 위에 뜨더니, 마침내 내 손을 놓았다. 나를 뒤로한 채 물장구치며 앞으로 나아가는 아이의 머리 위로 수줍은 듯 붉게 물들어가는 조호바루의 하늘이 보였다.

나도 이제 놓아줘야겠다. 나를.

가든스바이더베이의 크리스마스 원더랜드 루미나리에

눈 덮인 아나톨리아

　　커다란 가방을 끌고 집을 나섰다. 문명의 교차로 이스탄불로 간다. 들뜬 마음으로 공항에 도착했지만 문제가 생겼다. 항공기에 이상이 있어 교체할 부품을 일본에서 가져와야 한단다. 기다림이 시작됐다. 오후 3시 비행기는 밤 10시가 넘도록 출발할 기미를 보이지 않았다. 끝 모를 기다림보다 더 지루한 게 있을까? 손님 항의는 거칠었고, 애먼 직원은 진땀을 흘렸다. 결국, 자정을 훨씬 지나 비행기는 출발했고 다음 날 아침에야 비로소 이스탄불 공항에 도착했다.

　공항은 눈에 덮여있었다. 이상하다, 이스탄불은 눈이 잘 오지 않는다고 들었는데…. 아니나 다를까 몇십 년 만의 폭설이라고 했다. 뜻하지 않게 눈을 보니 신기했다. 힘들게 도착한 우리를 크게 반겨주는 듯했다.
　공항 근처 호텔에서 늦은 아침을 먹고 에게해와 흑해를 잇는 다르다넬스 해협으로 이동했다. 버스와 함께 바지선에 올라 좁은 해협을 건넜다. 곧 트로이 도착이다. 이곳은 지정학적 위치로 인해 넘으려는 자와 막으려는 자의 싸움이 끊이지 않던 장소다. 기원전 480년 페르시아 군주 크세르크세스가 진격했고, 알렉산더 대왕도 이곳을 통해 터키로 들어왔다. 그들이 지나간 자리에 서있다는 사실만으로 가슴 벅찼다. 그러나 잔뜩 기대하고 방문한 첫 도착지에서 아무것도 볼 수 없었다. 온통 눈에 덮여 어디가 성터인지 어디가 집터인지 알아볼 수 없었기 때문이다. 아쉬움을 뒤로한 채 에게해 해변의 숙소로 향했다.

기원전 9세기 형성된 에페소스(Ephesus)에 도착했다. 지진과 세월의 풍파에 건물이 폭격 맞은 듯 쓰러져 있었다. 고대에 이런 규모의 도시가 존재했다는 사실이 놀라웠다. 대리석 길은 눈으로 덮여 미끄러웠다. 걸을 때도 조심해야 했다. 길 양옆으로 늘어선 유적(상가, 집, 목욕탕, 신전, 교회 등)을 보며 내려가니 거인처럼 우뚝 선 셀수스(Celsus) 도서관 기둥이 우리를 맞이했다.

차를 몰고 자욱한 안개 속을 가다가 어느 순간 확 트인 곳이 나타나듯, 안탈리아는 다른 세상 같았다. 터키 도착 이후 따라오던 눈은 없었다. 날씨마저 온화해 며칠 동안 얼어붙은 마음이 일순간 녹아내렸다. 안탈리아만이 눈 없는 유일한 지역이었다.

설국에 들어서다

지중해와 아나톨리아 고원을 나누는 토로스(Toros)산맥을 넘자 또다시 설국이 펼쳐졌다. 아나톨리아 고원은 온통 눈이었다. 키 작은 나무 사이로 길이 구불구불 나있고, 눈을 잔뜩 뒤집어쓴 나무는 서있기조차 힘들어 보였다. 마을이 드문드문 보였으나 눈 덮인 평원에서 어디가 밭인지 어디가 산인지 구분하기 어려웠다.

버스도 눈길에서 속도를 내지 못했다. 예약해 둔 식당은 멀었는데, 점심시간은 훌쩍 지나있었다. 마을 앞에 버스를 세우고 가게에 들어갔다. 과자와 빵, 음료 등 간단한 먹을거리부터 라크(Raki)라는 전통 술까지 나름대로 구색은 갖췄다. 선뜻 손이 가진 않았지만, 굶을 수는 없기에 빵과 음료로 점심을 때우고 길을 나섰다. 좁은 버스로 하는 장거리 이동에 모두가 힘들었다.

저녁 무렵 콘야(Konya)에 도착했다. 이슬람 신비주의 메블라나 교단의 발생지답게 예배시간을 알리는 미나레트가 굴뚝처럼 우뚝 서있었다. 신을 만나는 방법 중 하나인 세마(Sema) 의식을 보러 갔다.

세마댄스

긴 원통형 모자에 하얀 저고리와 치마를 두른 수도사가 나왔다. 음악에 맞춰 천천히 돌기 시작했다. 시간이 흐르면서 한 명 두 명 합류하더니 어느새 십여 명의 군무가 펼쳐졌다. 발레리나 치마처럼, 손을 떠난 투망처럼 넓게 펴진 치마에는 아름다움과 경건함이 배어있었다. 한 시간 가까이 회전하는 동작에는 신이 임하지 않을 수 없었다.

어둠을 가르며 날아온 아잔 소리에 눈이 번쩍 뜨였다. '아, 우리가 이슬람 국가를 여행하고 있었지? 그런데 왜 여태 듣지 못했을까?' 창밖은 캄캄했다. 계속되는 아잔 소리는 도시 위에 눈처럼 내려앉았고, 의식은 점점 또렷해지고 있었다.

그날 역시 변함없는 눈길이 우리의 여정에 함께했다. 언제부터인가 눈 없는 유적을 보는 건 포기했다. 그저 길이나 끊기지 않고 무사히 일정을 마칠 수 있기를 바랄 뿐이었다.

히타이트를 만나다

아나톨리아 고원 중앙에는 주요한 고대 유적이 하나 있다. 기원전 1600년경부터 400년 이상 존속했고 한때 시리아와 이라크까지 광대한 영토를 자랑했던 히타이트 제국의 수도다. 최초의 철기 문명을 일으켰다고 배운 민족의 수도, 현재의 이름은 하투샤(Hattusha)다. 기대는 컸지만 첫인상은 초라했다. 평범한 시골 마을 같았다. 누군가 설명해 주지 않는다면 이곳이 위대한 제국의 수도였다는 사실을 전혀 눈치챌 수 없을 정도였다.

마을을 지나 아담한 숙소 앞에 내렸다. 넓은 마당이 딸린 단층구조 숙소는 깔끔했고, 모닥불을 피울 수 있어 운치 있었다. 저녁 식사 후 각자의 방으로 흩어졌지만 쉽게 잠들지 못했다. 뜻깊은 곳에 와 있다는 사실을 절절히 느끼고 있기 때문이었다. 하나둘 모닥불 주변으로 모여들어 늦은 시간까지 이야기를 나눴다. 밤이 깊어지면서 눈 위를 달려온 세찬 바람이 우리 등을 후려쳤지만 더운 가슴을 식힐 수는 없었다.

히타이트인의 손때가 묻은 유적은 대부분 눈 속에 묻혀있었고, 바윗돌에 새겨진 부조는 마치 어제 새긴 것처럼 아름다웠다. 겨울 한철 아나톨리아 북쪽 고원에서 불어오는 세찬 바람의 힘을 빌려 철을 생산할 수 있었다고 한다. 어쩌면 바람의 신 제피로스(Zephyr)의 고향이 아닐까? 눈이라도 몽땅 날려 주었으면 좋으련만.

낯선 온기에 마음 녹이다

하투샤를 뒤로한 채 수도 앙카라를 향해 발길을 재촉했다. 아침부터 내린 눈은 오후가 되면서 함박눈으로 변했고, 시간이 갈수록 거세졌다. 거센 바람을 업고 날아온 눈보라는 자동차 유리창에 하루살이처럼 덕지덕지 붙었다. 대낮인데도 밤처럼 어두웠다. 하투샤에서 앙카라까지 200km, 평소 3시간이면 갈 수 있는 거리를 반도 못 가 밤을 맞았다. 명색이 국도지만, 눈 치우는 차는 볼 수 없었다.

이름 모를 마을 앞에 버스가 멈췄다. 화장실은 급하고 식사도 해야 했다. 식당을 찾았으나 마땅한 곳이 없었다. 작은 찻집 하나 열려있었다. 떼 지어 나타난 이방인의 방문에 찻집은 놀라움과 호기심의 공간이 되었다. 나중에 알았지만, 터키에는 작은 동네라도 찻집이 하나씩 있고 주로 남자들이 출입한다고 한다. 우리 일행 대부분이 여자였으니 그들이 당황할 법도 했다. 어느덧 찻집에는 어른, 아이 할 것 없이 많은 구경꾼이 몰려왔다. 마을에 들른 한국인은 처음이라고 했다. 모두 신기한 눈으로 우리를 바라보았다. 그날은 폭설로 인해 학교까지 휴교했단다.

찻집에는 식사가 될 만한 게 없었다. 마침 비상용으로 싣고 다니던 라면 한 박스가 있어 양해를 구하고 끓여 먹기로 했다. 이번에는 냄비가 없어 곤란했다. 난감해하는 우리를 보고, 마을 사람들은 각자 집에서 냄비와 그릇, 수저를 가지고 왔다. 낯선 이의 온기가 꽁꽁 얼어붙은 우리 마음을 눈 녹이듯 녹였다.

이후 터키를 몇 번 더 다녀왔다. 맨땅과 맨 얼굴을 원 없이 보았건만, 눈 덮인 아나톨리아가 가장 많이 생각나는 건 무슨 까닭일까? 터키는 지금까지 나에게 두 얼굴로 남아있다.

존재하지 않는 나라의 존재하는 학교

권선욱

'조선' 국적의 우리 동포

직장 생활을 시작하며 후원하는 단체를 일 년에 한 곳씩 늘려왔다. 직장 15년 차였던 해, TV 다큐멘터리를 몇 분 보고 나서 '몽당연필'이라는 곳에 후원을 시작했다. 몽당연필은 일본에 남아있는 조선학교를 후원하는 단체다. 지원을 시작하고 8개월 정도 지났을 때 이곳에서 진행하는 행사 '나고야 소풍'에 참여했다. 평소 재일동포에 관심이 있어 가입 때부터 이 행사엔 꼭 참가하고 싶었었다.

2019년 11월 늦가을로 출발이 정해졌다. 2박 3일간 나고야(名古屋)를 비롯한 인근 도슌(東春), 아이치(愛知) 지역 조선학교 3곳을 방문하는 일정으로, 학생뿐만 아니라 현지 동포와 함께하는 행사였다. 일본에서 만날 이들은 현재 존재하지 않지만, 아직까지 엄연히 일본에 존재하는 '조선' 국적의 우리 동포들이다.

1945년 일본 패망 후, 일본에 남아있던 70만 재일동포들은 생계와

학업, 가족 등의 이유로 한반도로 건너오지 못했다. 외국인 신분이 된 그들은 외국인 등록을 해야 했고, 당시 한반도에는 국가가 성립되기 전이라 흔히 부르던 '조선'으로 국적을 기재해야 했다. 그 후 남쪽과 북쪽에 나라가 각각 세워졌다. 남이나 북 또는 일본 국적으로 변경한 사람도 있었지만, 끝까지 하나 된 나라를 기다리며 국적을 변경하지 않고 살아온 동포들이 그들이다.

"반갑습네다, 반갑습네다."

방문단은 사전 교육을 위해 출발 한 달 전 몽당연필에 모였다. 현지 일정에 대한 설명을 듣고 사진 촬영 시 주의점과 동포나 학생과 대화할 때 주의 사항을 교육받았다. 출발 당일 공항에서도 다시 한 번 내용을 상기했다.

일본 도착 후 첫 방문지는 도심 외곽에 위치한 나고야 조선초급학교였다. 작은 운동장을 지나 인접 건물과 별반 차이 없는 건물로 학교 관계자들과 인사를 나누며 들어갔다. 현관을 지나 1층 복도로 들어서는 순간, 한 아이가 고개를 내밀고 쳐다보고 있었다. 맑은 눈망울이 내 눈과 마주치자 아이는 빼꼼히 내민 얼굴을 바로 감추었다.

건물 내부는 겉보기와 다르게 많이 낡아있었다. 현관 쪽 유리장 속에는 빛바랜 흑백 단체 사진과 한쪽이 말린 노란 상장, 검푸르스름한 트로피가 전시돼 있었다. 복도는 층마다 삐걱거렸고, 교실 뒤편 책꽂이에는 50~70년대에 발행된 사전과 책이 꽂혀있었다. 유물들을 보니, 이들이 한국과 북한 어느 쪽에서도 제대로 지원받지 못하며 버텨온 70년이 느껴졌다. 하지만 학생들은 우리말이 다소 서툴다는 점만 제외하면 한국 어디서나 볼 수 있는 우리 아이들 같았다.

방문의 하이라이트는 축하 공연이었다. 이 시간에는 선생님과 학생을 비롯해 학부모까지 모두 큰 교실에 모였다. 첫 공연은 TV에서 본 적 있는 "반갑습네다, 반갑습네다"라는 노래였다. 조그만 아이들의 목청에서 노랫말이 카랑카랑 울려 퍼졌다. 노래와 율동 후 방문단의 답가가 이어졌고, 공연은 마무리됐다. 무대에 오른 방문단과 관객석의 학부모, 학생 모두의 눈시울이 붉어졌다. 나중에 안 사실이지만 학생들은 거의 1년간 연습을 해왔다고 한다. 이에 비해 답가 한 곡만 준비한 우리들은 미안한 마음이 들었다.

복도로 나오니 마침 쉬는 시간이 되어 고함치며 뛰어다니는 학생들이 눈에 들어왔다. 어느 나라에서나 볼 수 있는 평범한 모습의 학생들이었다. 수업을 참관하고 교실에서 같이 점심을 먹으며 친해질 즈음, 아쉽게도 다음 일정 때문에 작별인사를 나눠야 했다. 학생들은 손을 흔들며 다음에 또 오라고 고래고래 외쳤다.

멀지만 바른길

교문을 나설 때 안내하는 분이 "올해를 마지막으로 이 교사와 부지는 매각되고, 근처에 있는 다른 조선학교와 통폐합되어 운영될 것 같아요." 라고 했다. 전반적인 학생 수 감소와 만성적인 재정 악화가 이유였다. 현재 남아있는 조선학교들도 지속적으로 학교를 매각해 통폐합하여 운영될 것이라고 했다. 지원이 끊어진 상황에서 학교를 유지하기 위한 어쩔 수 없는 방식이었다.

순간 지난 TV 다큐멘터리에서 본 장면이 떠올랐다. 동포 3세 부부가 자녀만은 어떻게든 일본 학교가 아닌, 우리 혼이 남아있는 조선학교로 보내기 위해 왕복 2~3시간 거리를 등하교시켰다. 가깝고 쉬운 길을 버리고, 멀지만 바른길을 선택한 TV 속 아이 얼굴과 이곳 학생의 얼굴이 겹쳐 보였다.

그들에겐 두 개의 조국이 있지만, 정치적 경제적 이유로 지원하지 못하고 있다. 게다가 일본의 차별은 나날이 심해지고 있다. 미력하게나마 민간 차원의 지원이 그들에게 보탬이 되어 그동안 버텨온 70년보다 더 긴 시간을 이겨낼 수 있기를 응원했다.

우리 함께 강강수월래

다음으로 방문한 학교는 도슌 조선초급학교와 아이치 조선중·고급학교였다. 두 학교는 북한 축구선수로 널리 알려진 '정대세' 선수가 졸업한 학교다. 재일동포 3세인 그는 북한에서 국가대표 생활을 오래 했으며, 독일 분데스리가를 거쳐 우리나라 수원 삼성 축구단에서도 몇 년간 선수 생활을 했다. 정 선수를 계기로 당시 우리나라에서는 재일동포에 대한 관심이 높아졌다.

두 학교는 먼저 방문한 나고야 조선초급학교보다 더 낡았다. 특히, 마지막 날 방문한 아이치 조선중·고급학교는 이런 교사에서 정상적인 수업이 이뤄진다는 것이 놀라울 정도로 허름했다. 1950년대 건물로 외벽은 거친 노출 콘크리트였으며, 내부도 여러 곳이 낡아 마음이 아팠다.

마지막 일정은 조선학교 학생과 교사, 지역 동포들이 운동장에 한데 어울려 문화제와 점심 파티를 즐기는 순서였다. 학생들이 차례로 공연을 펼친 후, 마지막에는 모두 자리에

아이치 조선중고급학교(愛知朝鮮中高級学校)

서 일어나 손을 맞잡았다. 강강수월래로 시작한 우리의 노래는 「우리의
소원은 통일」, 「아리랑」으로 이어졌고, 사람들의 눈시울은 다시 붉어졌
다.

아쉬움을 뒤로하고 운동장에서 한 사람, 한 사람 작별 악수를 했다.
한 동포는 내 손을 꼭 움켜쥐며 "우리가 떨어져 있지만, 우리 뒤에 든든
한 조국이 버티고 있다는 것이 늘 감사합네다."라고 말했다. 우리의 작
은 행동이 이들에게 조금이나마 도움이 된 것 같아 뿌듯했다.

교실로 숨었던 그 아이

나고야 공항으로 가기 전, 조선학교 학부모회에서는 김밥을 나눠줬
다. 방문단 한 명, 한 명에게 직접 쥐어주면서 다음에 다시 와달라고 했
다. 우리는 입고 있던 단체 후드티셔츠를 기념으로 벗어드렸다. 방문 첫
날부터 학부모회 회원들이 후드티셔츠가 마음에 들었다는 이야기를 들
었기 때문이다. 단체에선 여분이 전혀 없어, 이러지도 저러지도 못하고
있던 상황이었다. 작지만 그들에게 선물할 수 있어 기뻤다.

소풍 방문단의 3일은 너무 짧았다. 순식간에 지나버린 아쉬움을 뒤
로 하고 공항으로 향했다. 공항에서 인솔자분과 마지막 인사를 나눴다.
코끝이 찡했다. 하늘을 올려다보니 이곳도 우리나라와 똑같은 전형적인
늦가을 하늘이었다.

수속을 마치고 비행기에 올랐다. 창가 자리였다. 자리에 앉아 하늘을 더 보고 싶었지만, 피곤했던 터라 스르르 눈이 감겼다. 잠시 후 맑은 눈망울의 아이가 나를 쳐다보고 있었다. 방문 첫날 나와 눈이 마주치자, 교실로 숨었던 그 아이였다.

스가상의 선물

조용선

'Go To Travel'

스가 요시히데는 일본의 제99대 총리입니다. 재임 기간은 불과 1년 여. 우리나라에서는 이름조차 아는 이가 많지 않을 정도로 존재감 약한 정치인입니다. 그러나 일본에 살던 우리 가족에게는 많은 추억을 선물한 은인이기도 합니다.

코로나가 전 세계를 강타하던 2020년 그는 'Go To Travel'이라는 정책을 내놓습니다. 'Go To Travel'은 코로나 시국에 이동을 촉진한다는 본질적 모순을 빼면 꽤 잘 설계된 여행 진흥책이었습니다. 정부는 국내 여행비의 절반을 지원합니다. 그중 70%는 숙박료와 교통비에 대한 직접 지원이고, 나머지 30%는 여행 기간 현지에서만 쓸 수 있는 지역 화폐였습니다.

일본의 교통비와 괜찮은 숙소의 숙박료는 살인적입니다. 일본인에게 국내 일주는 소박하지 않은 꿈입니다. 'Go To Travel'이 아니었다면 저도 몇 주 만에 홋카이도와 오키나와를 다녀오는 여행은 꿈도 꾸지 못했을 것입니다.

아사히카와의 숲은 바람에 울고 있었다

라벤더 계절이 지났지만, 겨울이 오기 전에 홋카이도의 후라노와 비에이를 보고 싶었습니다. 가장 가까운 공항을 검색해 보니 아사히카와였습니다. 중학교 3학년 때 이미연과 손창민 주연의 드라마 『빙점』을 보고 원작 소설까지 찾아 읽던 기억이 났습니다. 『빙점』의 배경이자 작가 미우라 아야코의 고향이 바로 아사히카와입니다. 언젠가 가보고 싶은 곳이었기에 반가웠습니다. 자연스럽게 목적지로 미우라 아야코 문학관이 추가되었습니다.

아사히카와 공항 관광안내소 직원은 비에이에서 예쁜 사진을 찍을 수 있는 곳을 지도에 형광펜으로 표시해 가며 동선을 짜주었습니다. 설명은 15분 이상 이어졌습니다. 이런 일본인의 상냥함과 직업의식 자체가 일본의 관광자원일지도 모르겠습니다. 다만 고맙다는 인사를 남기고 떠나는 제게 "조또 마떼."를 외치며 건넨 중국어 간체 지도를 받고 표정 관리에 성공했는지는 잘 기억나지 않습니다.

저는 여름을 뺀 봄, 가을, 겨울에 홋카이도에 간 적이 있습니다. 홋카이도는 아시아의 스위스라고들 합니다. 따뜻할 때나 추울 때나 풍경만으로 낭만이 느껴지고, 어떤 구도로 사진을 찍어도 한 장의 그림엽서 같습니다. 들판과 능선, 숲과 계곡을 보기만 해도 아련한 그리움이 남는 곳이지요.

오랜 기간 홋카이도는 아이누족의 터전이었습니다. 19세기 후반이 되어서야 일본의 역사에 편입됩니다. 우리나라의 5/6이나 되는 엄청난 크기에 단 520만 명이 삽니다. 복잡한 일상에서 벗어나고 싶을 때, 홋카이도의 한적함은 매력적입니다. 홋카이도는 국내에도 널리 알려진 '시로이 코이비토(하얀 연인)' 과자와 '삿포로' 맥주의 고향이기도 합니다.

미우라 아야코 문학관 입구에서

미우라 아야코 문학관은 숲속에 자리한 정갈한 건물이었습니다. 『빙점』은 "바람은 전혀 없었다."라는 구절로 시작해 "숲이 바람에 울고 있었다."로 끝납니다. 아내의 외도에 대한 복수로 살인범의 딸을 키우게 하고, 입양된 누이를 사랑하는 오빠 이야기를 처음 읽었을 때 저는 뻔한 통속극이라고 생각했습니다. 그러나 삶의 여러 우여곡절을 거치면서 인간의 원죄를 다룬 이 작품이 무척 어려운 주제를 다루고 있다고 생각하게 되었습니다.

미우라 아야코는 일본에서 매우 귀한 크리스천입니다. 무엇보다 군국주의 교육을 할 수 없어 초등학교 교사를 그만두었고, 2차 대전 시기에 '비국민' 소리까지 들었다는 점에서 한국인이 꺼릴 이유가 전혀 없는 일본 작가이기도 합니다. 평생 병마에 시달리면서도 노년에 남편과 찍은 사진이 너무 다정해 보여 난데없이 눈시울이 뜨거워지기도 했습니다.

일본의 변방에서 휴식을 외치다

홋카이도에 다녀온 2주 후 오키나와의 이시가키섬으로 떠났습니다. 신 이시가키 공항까지는 도쿄 하네다 공항에서 3시간 40분 걸립니다. 인천국제공항에서 같은 비행시간으로 홍콩이나 마닐라까지 갈 수 있으니 일본은 우리 생각보다 꽤 큰 나라입니다.

이시가키섬의 면적은 안면도의 두 배 정도이고, 인구는 약 48,000명입니다. 오키나와현에 속해 있으나 실제로는 오키나와 본섬보다 대만과 훨씬 가깝습니다. 불과 2주 전 케이블카로 올라간 홋카이도 아사히다케산의 정상은 가을 외투로 견디기 힘들 정도로 추웠는데, 비행기에서 내리자 바로 느껴지는 동중국해의 햇볕은 늦여름의 온도와 습도를 품고 있었습니다.

일본 굴지의 리조트들이 즐비한 이시가키의 해변에 클럽메드 카비라가 있습니다. 저는 클럽메드의 '무엇이든 할 수 있는 자유, 아무것도 안 할 자유'라는 캐치프레이즈가 참 좋았습니다. 아무것도 하지 않는 휴식이 필요할 때 클럽메드를 이전에도 몇 번 찾았습니다.

이시가키 해변에 선
그림 같은 두 딸들

클럽메드 카비라 해변의 색은 코발트블루였습니다. 두 딸은 서핑을 배웠고, 아내는 여러 포즈를 잡아가며 셀카를 찍었습니다. 저는 선베드에 누워 책을 읽었지요. 손닿는 곳에 방금 받아온 시원한 커피가 있어서 좋았고, 바닷바람이 끈적이지 않아 편안했습니다. 그때 마침 알로하셔츠를 입은 일본인 직원이 지나가서 지난 며칠간 계속 생각하던 말을 던졌습니다.

"일본은 생각보다 정말 넓은 나라네요(日本は思ったより本當に廣い國で
すね.)."

그녀는 잠시 생각하고 씩 웃더니 제가 평생 잊을 수 없을 재치 있는 대답으로 받았습니다.

"그냥 긴 나라지요(ただ長い國でしょう.)."

당신의 덕질에 영광이 있기를
−한때 축구 덕후였던 이의 영국 축구 첫 직관 이야기−

진정

덕통사고. 이는 유명인에게 반하고 유명인이 마음에 가득 차 그를 궁금해하고, 그 때문에 웃고 울게 되는 일이 시작되었음을 의미한다. 그렇다. 바로 사랑이다. 이 사랑은 일방향적이며 헌신적이다. 상대에게 되돌아오는 사랑을 기대하지 않아도 되고, 내 맘이 식으면 언제든 그만둘 수 있기에 일방향적이다. 또한, 그를 사랑하는 동안엔 온전히 그의 편이 되어 그를 응원하고 대신하여 싸운다. 온전한 헌신은 덕질의 기본 요소이다.

'사고'라 이름이 붙은 것은 이 일이 예측할 수 없으며 부지불식간에 일어나는 일이기 때문이리라. 그런데 나는 이를 사고가 아닌 축복이라고 부르고 싶다. 심심하기만 한 인생에 몰입이라는 한없는 즐거움을 안겨주기 때문이다. 나에게 그 대상은 5년에 한 번씩 교체가 되었는데, 2000년대 후반에 나를 사로잡은 것은 유럽 축구였다. 좋아하면 찾아가야지, "백문이 불여일견(百聞이 不如一見)"이라 하지 않는가? 나의 유럽 축구 여행은 2008년 1월 시작되었다. 그리고 그 시작은 박지성 선수가 있었던 '맨체스터 유나이티드'였다.

'맨체스터 유나이티드'를 첫 여행지로 삼은 이유는 2002년 한·일 월드컵의 기억 때문이다. 2002년 한·일 월드컵의 열기를 기억하는가? 대한민국 국민들은 광장으로, 대로로 혹은 동네의 공원으로 뛰쳐나와 한마음이 되었다. 축구라는 하나의 스포츠에 월드컵이라는 하나의 이벤트에 모두가 미쳤었고, 서로 미친 사람들은 부둥켜안고 울고 웃었다. 이러한 축구 열기는 한국 선수들의 유럽 진출로 고양되어 유럽 축구로 관심으로 이어졌다. 이 당시 한국인의 관심을 가장 많이 받았던 선수가 네덜란드의 에인트호번을 거쳐 2005년 맨체스터 유나이티드에 진출한 박지성 선수였다. 박지성 선수가 있었던 시기인 2008년 1월의 맨체스터 유나이티드는 '크리스티아누 호날두'라는 슈퍼스타를 보유하고 '프리미어리그 우승', '챔피언스 리그 우승'을 앞두고 있었다.

부푼 기대를 안고 대한항공 영국 런던행 비행기에 몸을 실었다. 영국의 입국 심사 과정이 까다롭다고 들었는데 나에게는 어렵지 않았다. 여행의 목적이 무엇이냐고 묻는 출입국 직원에게 축구를 보러 왔다고, '맨체스터 유나이티드'의 박지성 선수를 보러 왔다고 대답하였다. 직원은 '맨체스터'가 아닌 '만체스터?'라고 되물었는데 이때 영국에서 '맨체스터'를

'만체스터'라고 발음한다는 사실을 처음 알았다. 직원은 박지성 선수를 알지는 못했지만 나에게 즐거운 여행을 하라는 덕담까지 남겨주었다.

유럽 축구 여행이 처음이었기에 티켓 구매 등을 대행사에 맡겼다. 당시 맨체스터 유나이티드의 경기는 정기권이 없으면 볼 수 없어 반드시 대행을 해야만 했다. '자전거 나라'라는 현지 여행사가 런던에서 맨체스터까지의 축구 여행 프로그램을 판매했다. 이 프로그램에는 티켓과 숙소가 있는 런던에서 맨체스터까지 당일 왕복 차량과 점심이 포함되어 있었다. 지금 생각해도 이 선택은 최고였다. 현지의 사정을 잘 아는 사장님이 책에서는 알지 못할 정보를 주어 잊지 못할 추억을 만들었기 때문이다.

드디어 2008년 1월 13일, 맨체스터가 홈에서 뉴캐슬과 붙는 날이었다. '자전거 나라'에서 10인승 승합차를 마련해 주었는데, 런던에 주재하는 회사원 4명과 나와 마찬가지로 혼자 축구를 보러 온 청년 한 명, 여행사 사장님까지 7명이 함께 승합차에 몸을 실었다. 점심으로 샌드위치를 준비해 주었다. 4시간 만에 축구장 '올드 트래퍼드'에 도착하였다. 붉은 유니폼의 물결은 동질감을 높이기에 충분하였고, 한국인으로 보이는 이들도 많아 박지성의 인기도 확인할 수 있었다. 경기 전에 메가 스토어에 들러 박지성 저지와 열쇠고리, 배지, 머플러 등을 구입했다. 사람들로 꽉 찬 메가 스토어에서부터 사람들의 기대와 열기를 확인할 수 있었다. 드디어 올드 트래퍼드에 입장하였다. 텔레비전에서 보던 것보다 축구 구장은 작았다. 골대 뒤가 아니라면 어디서든 한눈에 전체 구장이 보일 것이다.

붉은 저지를 입은 홈팬들은, 어깨를 부딪치며 노래를 부르고, 선수들이 자신이 앉은 자리 가까이에 오면 선수들의 이름을 외치고, 골을 성공하면 의자 위를 펄쩍 뛰어오르며 경기에서의 흥분을 여지없이 드러내었다. 나 또한 긱스, 호날두 등 유명한 선수들의 모습과 선수들의 움직임을 눈에 담으며 꿈만 같은 직관의 기쁨을 만끽하였다.

경기 종료 5분 전, 경기는 6 대 1로 맨체스터 유나이티드가 이기고 있었다. 나는 '자전거 나라' 사장님의 조언을 떠올리며 자리에서 일어났다. W12번 게이트로 가야 했다. 바리케이드로 활용될 철제 구조물 뒤에 바짝 붙어 기다리면 선수들의 사인을 받을 수 있다는 여행사 사장님의 귀한 조언이었다. W12번 게이트가 선수들이 퇴근하는 출구인데 퇴근 전 선수들이 발렛한 자신의 자동차를 기다리는 동안 팬들에게 사인을 해주는 방식이었다(아쉽게도 박지성 선수는 이날 출전하지 못해 박지성 선수의 사인을 받기는 어려웠다). 찬 보슬비가 내렸다. 하지만 선수들의 사인 앞에서 그깟 비 따위는 견딜 수 있었다. 더군다나 슈퍼스타 호날두는 이날 해트트릭을 기록했다. 자신이 활약을 많이 한 날이면 호날두는 팬들에게 한없이 친절하며 사인을 잘해준다고 여행사 사장님이 귀띔해 주었다.

한 시간여 지나고 아르헨티나 출신인 테베스가 아이를 안고 팬들에게 손을 흔들어 준 후 떠났다. 박지성 선수도 아버지와 함께 자동차를 타고 한국 팬들의 환호를 받으며 떠났다. 이제 출전했던 선수들이 나올 차례였다. 비는 아직 굵어지지 않았다. 수비수 비디치 선수가 출전 선수 중 맨 처음으로 나왔다. 붉은 후드티를 입고 후드를 머리 위에 덮은 멋진 모습으로 사인을 해주기 시작했다. 기다리던 팬들의 함성은 높아져 갔다. 나도 목청을 높여 "아이 러브 유!"를 외쳤다. 드디어 내 앞에 비디치 선수가 서고 눈을 마주 보았다. "Pen."이라는 비디치 선수의 나지막한 목소리가 들렸다. 아, 이런. 나에게는 펜이 없었다. '이런, 이런, 이런…' 비디치 선수는 나를 지나쳐 갔고, 옆에 있던 금발의 작은 소년에게 사인을 해주었다. 펜을 준비하지 못한 나는 눈물이 그렁그렁한 눈으로 금발 소년의 네임펜만을 뚫어지게 보고 있었다. 그런데 비디치 선수는 진정한 영웅이었고 심지어 천사에 버금갈 만한 인성의 소유자였다. 소년에게 사인을 해준 후, 몸을 돌려 나에게도 사인을 해주었다. 심지어 자기 이름의 저지도 아닌 박지성 선수 이름의 저지에! "아이 러브 유!" 나의 목소리는 최고치를 경신하였다. 이후 박지성 선수와도 친하게 지낸다는 안데르송 선수에게도 사인을 받았다. 이제 슈퍼스타 호날두를 기다릴 차례였다. 비는 더 거세어져 갔다. 드디어 그가 나타났다. 닭 볏처럼 높인 앞머리를 다듬은 후, 지붕 아래에 서 있던 몇몇에만 사인을 해주더니 멋진 스포츠카를 타고 현장을 휭 떠나 버렸다. 아마도 멋지게 세운 앞머리를 비에 망치고 싶지 않았던 듯싶다. 사인을 받지 못했지만 괜찮았다. 내게 최고의 공격수는 바르셀로나의 '메시' 선수였으니까. 흥!

시간이 흘러 유럽 축구에 가졌던 열기는 식었고 관심은 줄어들었지만, 이때의 성공적인 직관 경험은 코로나 19가 시작되기 전까지 매년 나를 유럽 축구 직관으로 이끌었다. 영국을 넘어 스페인 바르셀로나, 마드리드, 이탈리아 밀란으로 이어진 유럽 축구 여행은 짜릿한 경험과 소중한 인연들을 남겼다.

2022년 코로나 일상 시대에 접어들면서 하늘길이 열린다고 한다. 유럽 4대 리그에서 아직 경험해 보지 못한 곳은 독일의 분데스리가이다. 분데스리가의 바이에른 뮌헨에서 유럽 축구 직관이 완성되길 기대해 본다.

홍콩 예술의 새로운 아이콘, 엠플러스 뮤지엄

이린

홍콩 엠플러스 뮤지엄. (출처: 홍콩 엠플러스 뮤지엄 홈페이지)

하늘 아래 이토록 아름다운 밤이 또 있을까? '홍콩의 백만 불짜리 야경'이라는 말은 빅토리아 하버를 배경으로 한 사진이 백만 불의 값어치가 나간다 해서 붙여진 이름이다. 하버를 중심으로 아름다운 전망을 자랑하는 홍콩. 두 눈으로 바라보며 황홀함에 빠져든다.

야경을 보기 위해서 홍콩섬에서 트램을 타고 빅토리아 피크 정상으로 오른다. 빅토리아 피크는 홍콩의 빌딩숲과 하버의 모습을 한눈에 담을 수 있는 전망 명소다. 최근 빅토리아 항만에 해가 지는 저녁이면 홍콩을 비추는 새 아이콘이 관심을 끌고 있다. 바로 서구룽 문화지구의 홍콩 엠플러스 뮤지엄(HK M+ Museum)이다.

홍콩 서구룽 문화지구는 17개의 문화시설이 들어선 대규모 문화예술 단지로, 2021년 11월 개관한 엠플러스 뮤지엄(M+ Museum)이 이 안에 있다. 엠플러스 뮤지엄은 혁신적인 프로그램과 전시 및 관객과의 소통으로 홍콩의 새로운 문화 아이콘이다. 지역적이면서도 국제적인 홍콩이라는 위치에서 글로벌 랜드마크로 자리매김할 전망이다.

규모부터 놀랍다. 엠플러스 뮤지엄은 5천 평 규모로, 축구장 2개를 합친 크기다. 뒤집어놓은 T자형으로, 하단 직사각형의 포디엄과 수직으로 뻗은 미디어파사드로 구성된다. 높이 65.8m, 넓이 110m(?)에 달하는 미디어파사드는 화려하게 빛나는 야경과 어우러져 빛의 캔버스로 변한다. 친환경 세라믹으로 만든 파사드 디스플레이 패널에서 미디어아트와 영상 등을 선보인다.

세계적인 건축가 듀오 헤르조그와 드뫼롱이 뮤지엄 설계를 맡았다. 그들은 영국의 테이트모던 뮤지엄 디자인으로 프리츠커상을 수상한 바

있다. 2008년 베이징 올림픽의 아이콘이 된 새 둥지 모양의 베이징국립 경기장을 설계하기도 했다. 엠플러스 뮤지엄은 서구룡의 중심에서 독보적인 파사드를 과시하며 새로운 풍경을 빚어낸다.

환경을 생각하는 최첨단 건축으로 세라믹으로 만든 건물 외관은 태양 빛과 날씨를 조절하는 역할을 한다. 뜨거운 습도와 온도로 건축물의 부식을 방지하는 기능도 있다. '미술관 이상의 미술관'이란 의미를 지닌 엠플러스 뮤지엄은 전시장만 33개를 갖췄다. 시각예술, 디자인 및 건축, 무빙 이미지 등을 망라한다. 관람객과 폭넓은 관계 맺음을 유도하는 새로운 공간으로 자리매김하고 있다.

뉴욕 현대미술관에서 근무한 정도련 큐레이터가 부관장이자 수석 큐레이터를 맡은 점도 주목할 만하다. 그가 이끄는 200여 명이 넘는 직원으로 구성된 큐레이토리얼 팀은 30개국의 국적을 배경으로 다양성을 자랑한다. 세계 곳곳의 작가 작품을 컬렉션하는데 다양한 시각을 반영해 큰 도움을 받았다.

홍콩 엠플러스 뮤지엄의 컬렉션

아시아와 서구가 중첩하는 지리적 이점을 갖춘 홍콩에서 엠플러스 뮤지엄은 미술과 디자인, 건축, 시네마, 인터넷 밈 등 오늘날의 시각 문화를 전문적으로 다루는 기관의 역할을 수행할 예정이다. 지난 10년간

30개국에서 온 250여 명의 전문가와 함께 구축한 M+의 컬렉션은 그 규모와 장르의 범주가 아시아를 넘어 세계에서도 손에 꼽힐 정도다.

홍콩 엠플러스뮤지엄은 엠플러스(M+) 컬렉션, 지그 컬렉션, 라이브러리 스페셜 컬렉션을 합쳐 8,000점 이상과 48,000개의 방대한 아카이브 아이템을 소장하고 있다. 주목할 만한 것은 사업가이자 주중 스위스 대사를 역임한 세계적인 중국 현대미술 컬렉터 울리 지그(Uli Sigg)가 자신의 1,500여 점 컬렉션을 중국이 아닌 홍콩 엠플러스 뮤지엄에 기증한 사실이다.

율리지그가 기증 의사결정을 한 2012년에는 홍콩 엠플러스 뮤지엄의 청사진만 존재할 뿐이었다. 구체적 실체를 볼 수 없었음에도 불구하고 본토가 아닌 홍콩에 기증을 한 율리지그의 미술품을 가격으로 환산하면 한화 2천억 원이 넘는다. 시대정신과 철학을 대변하는 미술을 더 많은 사람이 자유롭게 향유하도록 하기 위함이라고 기증의 취지를 덧붙인 바 있다.

방대한 에플러스 뮤지엄은 중국인들의 현대사를 집성한 현대미술도 포함하고 있다. 개관전에서 총 6개의 주요 전시가 마련돼 관람객을 만났다. 그중에서도 중국 현대미술 컬렉터 울리 지그(Uli Sigg)가 기증한 1,500여 점의 컬렉션을 소개하는 전시 'M+ 지그 컬렉션: 혁명부터 세계화까지(M+ Sigg Collection: From Revolution to Globalisation)'는 1970년 문화대혁명 이후 중국 현대미술의 변화상을 한눈에 살펴볼 수 있는 좋은 기회다.

미술과 건축 디자인을 모두 망라하는 뮤지엄을 빨리 만나보고 싶다면 뮤지엄 홈페이지를 방문하기를 권한다. 모든 자료와 데이터는 공공의 것이며, 홈페이지도 시각미술의 하나라는 전제하에 개발됐다. 매거진 아카이브라는 코너와 전시 큐레이터의 투어로 온라인에서도 충분히 호기심을 채울 수 있다.

개관하자마자 한 달간 수십만 명이 다녀갔고, 수개월의 온라인 예약이 마감되는 등 하늘길이 열리기 전에도 뜨거운 관심을 받고 있다. 오프닝 대표작 중 한국 작가 장영혜 중공업의 작품이 아이웨이웨이 작품 다음으로 SNS에서 가장 많이 회자됐다. 미디어 아트의 그랜드 파더 백남준과 양혜규·이불·김수자·박서보·하종현·승택 작가의 작품도 있다. 이 모든 컬렉션은 디지털에 맞게 병행 론칭해 전 세계인들이 만나볼 수 있다.

전시를 본 후에는 뮤지엄 안 레스토랑과 카페에서 쉬어보자. 레스토랑 ADD+에서는 아침부터 저녁까지 식사가 가능하다. 홍콩의 정통 요리부터 다국적 요리까지 모두 제공한다. 통창으로 빅토리아 항구가 보이며 홍콩 스카이라인에서 영감을 받은 유리 벽은 시간의 흐름에 따라 색감이 변화한다. 포장도 가능해 1만 평 부지의 서구룡지구 공원에서 피크닉을 만끽하거나 수변공원을 산책해도 좋다.

서울에서 미쉐린 2스타를 받은 레스토랑 모수가 엠플러스 뮤지엄에 문을 열어 더욱 반갑다. 코스모스에서 영감을 받은 이름 모수(Mosu)는 감성을 충전한 하루를 마무리하는 저녁 식사 장소로 부족함이 없다. 3층에 있으며, 홍콩과 미술관의 맥락에 어울리는 요리를 선보인다. 뮤지엄 관계자는 "시각적으로 아름다운 미식을 선사해 뮤지엄과 같은 맥락에 있다"고 전했다. 모수의 안성재 셰프는 한국에서 인정받기 전에 이미 미국 샌프란시스코에서 주목을 받기도 했다.

뮤지엄에는 2개의 아트숍이 마련돼 있다. B1에 위치한 숍은 연중무휴다. G/F층에는 매주 월요일은 휴관이다. 쇼핑으로 대변됐던 과거 홍콩의 영예는 점차 예술로 옮겨지고 있지만, 한국으로 돌아가기 전 미술관 쇼핑으로 추억은 아트 상품으로 남겨보자.

엠플러스 뮤지엄에서 보는 하버뷰. (출처: 홍콩 엠플러스 뮤지엄 홈페이지)

미식의 문장

신기혜

　　해외여행에서 목적지를 정할 때만큼, 비행기를 타러 갈 때
만큼 설레는 순간이 있다. 여행지 식당에서 메뉴판을 읽을 때다. 먼저
다녀간 이 손에 모퉁이가 닳은 메뉴판을 읽기 시작하면 설렘은 애피타
이저가 된다. 뇌와 혓바닥이 촉촉해진다. 식재료 관련 어휘는 토익이나
토플에도 잘 안 나온다. 지루함이 가리키는 관심을 따라 엄지손가락이
알고리즘의 바다를 헤엄칠 때 하나씩 낚아 올리는 것이다.

　　Dijon mustard

　　Cayenne pepper

　　Kosher salt

　아, 영어에다 또 다른 문명이 더해진 이 느낌! 나만큼이나 힘주어 '디
종'을 발음하고 있을 미국인이 떠오른다. 서유럽의 요리사가 카이엔 바
다의 후끈한 매운맛을 더하는 퓨전 음식을 상상한다. 코셔를 알맞게

읽으려고 애쓸수록 유대인 전통 복장을 한 할아버지가 하얀 소금을 장엄하게 뿌려대는 장면을 그려본다.

Until thickened

Bring to a simmer

책상에 앉아 'thick'을 외우던 시절에는 고작 책이 두껍거나 몸이 두꺼운 상상을 했다. 그런데 '되직해질 때까지', '되직해지도록' 손끝에 전해지는 감각일 줄이야. 'ㄸ-씨ㅋ은'을 소리 내는 동안 되직해지는 것은 뭉근한 소스이어라. '씨-머'. 서서히 그러나 역동하며 오르는 김을 연상하는 데에 우리말보다 더 알맞은 소리인 데다 동사는 'bring'이다. '김이 오르도록 시간을 끌고 오라.'라는 주문 같다. 요리의 변곡점을 향한 기다림을 이처럼 주체적으로 표현할 수 있을까. 시다.

about 2 tablespoons

다채로운 음식 말에 주눅이 드는 중에 'about'이 적절히 등장한다. 한소끔, 간간하게, 무르도록, 자박자박, 푹. 우리말 앞에 무력해지는 요리 초보는 태평양을 넘어 대서양을 건너 'about'에 멈칫할 누군가의 마음에 가닿는다. 사람 사는 데는 다 똑같겠지.

사람 사는 데는 다 똑같으니까, 타지의 메뉴판을 용감히 읽어나간다.

그간 축적한 음식 어휘가 문장으로 이어지면, 기대는 더 커진다. '나 이 단어 왜 다 아는 거야!' 감격도 하면서. 그런데 두어 줄의 문장을 읽고 고심해서 주문한 음식이 접시에는 달랑 마침표 하나처럼 놓일 때가 있다. '천연 바닐라와 메이플 향, 부서진 피스타치오 토핑의 디저트'를 주문했는데 '그냥 아이스크림이네?' 싶은 음식이 나오고, '민트에 절인 pork sirloin을 오븐에 구운 후, 겨자와 구운 채소를 곁들인 메인 디쉬'를 시켰는데 '그냥 고기잖아?' 싶은 음식을 마주한다. 벨기에에서 돼지 목살을 앞니로 뜯고, 스웨덴에서 추어탕에 빵을 찍어 먹고, 크루즈 조식 뷔페에서 이틀 동안 나이프로 어묵을 썰어 먹기도 하는 것이다. 목살은 겉바속촉으로 구워서 텃밭 상추로 싸 먹어야 하고, 추어탕 옆에는 돌솥 누룽지 불려가며 먹으면 끝까지 맛있고, 바다 한복판에서 먹는 어묵은 국물맛일 텐데. 영어 메뉴판 사이사이 놓쳐버린 내 나라의 미식이 생각난다.

그런데 요즘에는 우리나라에도 이런 메뉴판이 많다. 이 글을 쓰는 내 집에서 1km 떨어진 태국 음식점에서 '태국 허브인 레몬그라스, 갈랑가, 라임을 넣어 매운맛, 단맛, 신맛을 동시에 느낄 수 있는 태국 전통 수프이자 세계 3대 수프'를 읽고 퓨전 스타일과 타이 스타일 중에 고르는 객관식 문제를 통과해야 똠얌꿍을 먹을 수 있다. 3.7km 떨어진 이탈리안 식당에서는 '부드러운 매쉬드 포테이토, 각종 허브와 향신료가

들어간 아르헨티나식 소스를 올린 채끝 스테이크'를 읽고 주문한다. 아르헨티나식 소스가 무엇인지 궁금해했다간 메뉴판 아래에 주석이 달릴 수 있으므로 호기심은 접어두는 쪽이 고픈 배에 유리하다.

시절이 이러하니, '할머니 왕만두' 또는 '어머니 김밥' 간판을 보고 들어갔는데, 메뉴판조차 '왕만두 3,000원', '어머니 김밥 2,500원'으로 거두절미 한 집을 보면 여행의 설렘이 격하게 인다. 할머니 왕만두 속에는 대체 무엇이 들어있는지, 어머니 김밥에는 뭘 넣으실 건지 묻고 싶다. 그러나 할머니가 돈도 받고 만두도 찌는, 어머니가 김밥도 말고 서빙도 하는 이런 집에서는 사장님 눈 맞추기가 쉽지 않다. 그러니 입을 다물고 음식만 기다린다. 말을 모르는 외국인처럼. 그러다 보면 '당신은 어머니이십니까?' 같은 것이 괜히 묻고 싶어지기도 한다.

점심에 식탁을 차린다. 내 밥상으로 미식 여행을 해볼까. '21년 산 이천 쌀, 유기농 현미를 흐르는 물에 네 번 씻어 전용 쿠커로 익힌 후, 3일간 냉장 숙성한 밥'을 꺼낸다. '소고기 브로스에 전통 방식의 조선 된장을 풀어 로컬 두부와 애호박을 넣고 끓인 후, 팽이버섯을 더한 홈스타일 된장찌개'를 옆에 둔다. 오늘의 사이드 디쉬는 '방망이로 두드려 향을 살린 오이에 섬세히 다진 마늘과 발효 식초, 서해에서 적절하게 생산된 소금 한 꼬집으로 맛을 낸 오이 탕탕이'이다. '오이 탕탕이'에는 참깨가 들어있으니 알레르기가 있는 사람은 주의해야 한다. 낯설고 설레는 음식이 놓이니, 앳된 웨이터가 다가와 말을 건다.

"저희 가게 처음이세요? 신발을 신고 드시면 더욱 외식하는 기분을 느끼실 수 있으세요. 보나뻬티, 마담!"

세렝게티에 스며들다

박삼

광활한 우주에 별 하나가 생겼다. 펄펄 끓는 용암 덩어리, 훗날 지구라 불릴 이 별은 천천히 식었고 그곳에 처음으로 땅이 생겼다. 아프리카다. 나는 지금 아프리카로 간다.

나이로비 국제공항은 그다지 크지 않았다. 검은 대륙이라는 별명답게 눈에 보이는 모두가 검었다. 검은 피부 흰 눈동자의 와글거림은 긴장감을 높였지만, 새로운 여행에 대한 기대로 가슴도 뛰었다.

세렝게티 깊숙한 곳으로 가기 위해 국경 넘어 탄자니아 아루샤까지 달렸다. 여섯 명이 소형비행기에 탔다. 운 좋게 조종사 옆자리에 앉았다. 시야가 넓어 일등석이나 마찬가지다. 프로펠러가 속도를 올리니 엔진 소리도 요란했다. 기체의 심한 흔들림과 함께 비행기는 빠르게 날아올랐다. 모든 근육이 긴장되는 순간이었다.

어떤 신의 작품인가, 끝없는 초원

세렝게티 초원

끝 모를 초원이 발아래 펼쳐졌다. 어떤 신이 있어 이 넓은 카펫을 지구 한 켠에 깔아놓았을까? 나무는 높지도, 촘촘하지도 않았다. 바닥이 훤히 보였다. 건기에는 풀이 자라지 않아 육식 동물이 사냥하는 데 어려움이 있다고 했다. 사냥하고 먹고 새끼를 기르는 생존 본능과 경계하고 더 빨리 달아나야 하는 방어 본능이 충돌하는 현장이다. 조종사가 가리키는 곳을 보니 한 무리 동물이 지나고 있었다. 빨리 내리고 싶은 마음이 비행기보다 앞서 달렸다.

한 시간쯤 날아왔다. 엔진이 멈추자, 자연의 소리가 귀를 부드럽게 마사지했다. 드디어 세렝게티 초원에 첫발을 디뎠다. 어려서는 동물의 왕국, 커서는 다큐멘터리를 보며 꼭 한번 가리라 꿈꿔왔던 곳, 오늘에야 왔다.

사파리용 차가 기다리고 있었다. 떠나는 날까지 초원 곳곳으로 데려다 줄 차다. 길은 비포장 흙길이었다. 뒤따라오는 차는 먼지를 뒤집어써야 했다. 우기라 풀은 키가 컸고, 도로 곳곳에는 물 고인 웅덩이가 있었다.

세렝게티 코끼리떼

처음 마주친 동물은 임팔라였다. 수십 마리를 한꺼번에 보니 놀라웠다. 노루처럼 생긴 임팔라는 수컷 하나가 수십 마리 암컷을 거느린다고 했다. 수컷 새끼는 어느 정도 자라면 무리를 떠나야 한다. 우두머리 수컷한테 죽임을 당할 수 있기 때문이다. 비정한 세계다. 같은 종족이든 자신의 새끼든, 위협될 수 있다면 제거해야 살아남는 것이 그들 법칙이다.

차를 멈추고 사진 찍기에 바쁘다. 임팔라도 경계의 눈초리로 응시했다. 다음은 얼룩말이다. 모두 떼 지어 다닌다. 야생에서 혼자는 죽음을 뜻한다. 비록 최상위 포식자라도 예외는 없다. 동물원에서는 한두 마리도 신기했었는데 이곳에서는 차원이 달랐다. 선명한 흰 줄과 검은 줄에 솟아오른 엉덩이, 수려한 자태다. 세상에서 가장 멋진 동물이다. 검은 바탕에 흰 줄인가, 흰 바탕에 검은 줄인가 논쟁도 있었다. 아무려면 어떠랴, 이토록 멋진데.

코끼리와 기린, 버펄로, 타조 등 많은 동물이 수시로 나타나 진행은 더뎠다. 초원은 즐거움과 너그러움을 함께 주었다. 비포장 길에 먼지를 뒤집어써도, 덜컹거리는 의자에서 장시간 이동해도 누구 하나 불평하지 않았다. 오히려 동심으로 돌아간 듯 즐겁기만 했다.

세렝게티를 안고 꿈꾸다

호텔 키라위라 세레나 캠프(Kirawira Serena Camp)는 언덕 위에 있었다. 넓은 초원을 바라보기 좋았고, 커다란 망원경이 있어 멀리 있는 동물까지 관찰할 수 있었다. 숙소는 한 동씩 떨어져 있고, 텐트처럼 천막인 게 특이했다. 영화 「아웃 오브 아프리카」에 나오는 데니스와

세렝게티 숙소

브릭센의 사냥캠프를 모방해서 지었다고 한다. 열쇠는 따로 없다. 지퍼를 열고 들어가면 된다. 내부는 침대·TV·옷장 등 일반 호텔과 다르지 않았고, 고급스럽게 장식된 화장실은 감탄하지 않을 수 없었다.

초원의 어둠은 일찍 찾아왔다. 수백 킬로미터를 달려왔지만 피곤함을 몰랐다. 세렝게티에 누워있다는 게 믿기지 않았다. 낮에 봤던 동물도 이곳 어디엔가 나처럼 누워있을 것이다. 두 번 다시 올 수 없을지도 모른다는 생각이 잠들려는 정신을 붙들고 있었다. 행복이 다가와 옆에 누웠다.

사바나의 아침이 찾아왔다. 더워지기 전에 일찍 동물을 만나러 나섰다. 엄청난 숫자의 초식동물이 이리저리 뛰어다녔다. 잡초가 절규했다. 건기 목마름은 이슬로 견디고 우기 한철 꽃대 힘차게 올려 찬란한 시절 맞으려는 찰나, 몰려온 동물에 밟히고 뜯기는 풀의 아우성이 가엽다. 사냥당하는 초식동물은 안타깝지만 잡초보다는 낫다. 소리도 지를 수 있고, 도와줄 종족이라도 있으니.

시냇가로 차를 몰았다. 악어와 하마가 있었다. 널브러진 채 움직임 없는 악어는 자는지 일광욕하는지 알 수 없었고, 물속에서 머리만 내놓고 노려보는 하마는 눈빛이 섬뜩했다. 나무가 촘촘한 언덕에는 하이에나 무리가 있었다. 다가갈수록 숨기에 급급했다. 그동안 일부 동물에게 가졌던 좋지 않은 선입견을 땅바닥에 내동댕이쳤다.

망원경으로 어딘가를 유심히 살피던 가이드 행동이 빨라졌다. 다른

동료에게 무전을 하며 급히 차를 몰았다. 사자를 발견한 것이다. 우기
에는 풀이 길어 사자를 보기 어렵다고 했다. 암사자 여덟 마리, 가족이
틀림없다. 가까이 갈수록 멀어진다. 자꾸만 뒤를 돌아보는 모습이 안쓰
럽다. 친해질 수 없는 운명처럼 우리 방문이 그들에게 달가울 리 없다.
사냥 중이었는지 하늘에는 독수리 떼가 빙빙 돌고 있었다.

기온이 빠르게 올랐다. 휴식을 위해 숙소로 돌아왔다. 방으로 들어
가려고 지퍼를 올리려는 순간 화들짝 놀라고 말았다. 입구에 뱀이 있었
다, 초록색이었다. 초록색 뱀은 처음 봤다. 주인 없는 집을 지키기라도
하듯 문 앞을 가로막고 있었다. 이후 텐트에 들어가면 이곳저곳 살피는
버릇이 생겼다.

초원에서 발견한 나

더 이상 사파리에 참여하지 않았다. 혼자 있는 시간이 좋았다. 테라
스에 서서 초원만 한없이 바라보았다. 멍하니 보고 있는 것만으로도 가
슴 벅찼다. 내 안의 나를 보았고 편안했고 행복했다. 인류 조상도 이곳
동물과 같은 삶을 살았을 것이다. 여기서 자유와 평안을 느끼는 건 옛
고향에 온 때문인지도 모른다. 초원은 내게 붙어 있던 탐욕과 이기심,
두려움, 열등감의 껍질을 하나씩 벗겨냈다.

초원은 시시각각 다른 모습을 연출했다. 이슬 맺힌 아침은 보석처럼

빛났고, 커다란 동물의 어슬렁거림은 평화로워 보였다. 해가 떠오를 때 연무는 아지랑이처럼 어른거렸고, 한낮에는 뜨거운 태양 아래 그늘을 찾아 숨었다. 늦은 오후 초원은 다시 활기를 찾는다. 악착같이 달려드는 체체파리에게 약간의 헌혈은 불가피했다. 초원에 어둠이 내리고 사물이 멀어지면 진한 외로움이 밀려왔다. 움직임이 멈춘 초원은 텅 빈 지구에 홀로선 느낌을 주었다. 이따금 들려오는 알 수 없는 소리마저 쓸쓸함을 더했다.

가슴에 담은 초원

특별한 저녁 식사가 준비되었다고 해서 모였다. 차를 타고 도착한 곳은 넓은 평원이었다. 하얀 테이블보가 씌워진 식탁이 준비되어 있었고, 모닥불도 활활 타고 있었다. 흰옷을 차려입은 사람들은 음식 준비로 분주했다. 동물이 뛰어놀던 곳에서 저녁 식사는 더없이 즐거웠다. 시간은 어둠을 보내 들어가라 했지만, 모닥불에 어둠을 걸어둔 채 밤을 붙들었다.

꿈같은 시간은 빠르게 흘렀다. 짐을 챙기는 마음이 무거웠다. 눈 마주쳤던 동물, 발목 스친 풀, 부드럽게 어루만져주던 바람까지 함께 가방에 넣었다. 먹먹한 가슴으로 초원을 바라보았다. 초원은 나에게 손 흔들고 있었다.

일상에서 로그아웃

작가 소개

♉ 권선욱

직장 생활 20년 차 되어가는 2,500만 샐러리맨 중 한 명. 대한민국 샐러리맨을 대표하여 15개의 자격증을 취득한 후, 매월 15회의 극장 관람, 15회의 야구 직관, 15개 단체 후원, 매년 15번의 해외여행, 15번의 공연 관람을 통해 직장인도 할 수 있음을 보여주며 15세의 젊음을 유지한다. 한 번뿐인 인생, 다양한 경험을 쌓으며 후회 없이 살자는 신조로 오늘 아침도 묵묵히 지하철에 오른다.

♉ 김정숙

문화유산교육전문가. 늘 다니던 곳곳에 숨은 이야기를 찾아내는 데 힐링을 느낍니다.

freesila20@naver.com

♉ 김현정

육아를 막 마친 40대, 홀로서기를 위해 여행을 떠나고 글을 씁니다.
여행지에서 만난 꼬질꼬질한 모습이 좋습니다.
아름다운 삶을 고민합니다.

❦ 남수연

걷고 쓰고 그리며 세상을 배우고 있다.

10년 후 스스로 글 쓰는 사람이라고 말할 수 있기를 꿈꾸며 글쓰기를 일단 시작했다.

❦ 박 삼

"글은 후대의 나"라는 어느 작가의 말을 가슴에 품고 사는 사람.

❦ 신기혜

이름은 김기혜인데, 엄마 성을 따라 '신기혜'로 바꾸어 불러보곤 혼자 신기해합니다.

망동을 잘하지만 망각의 재주가 있어 아직은 사는 게 괜찮습니다.

내년에는 글을 더 많이 쓰고 싶습니다.

❦ 이 린

나는 미술관을 좋아한다. 미술관은 국내는 물론, 해외의 주요 도시에서도 많은 시간을 할애할 정도로 커다란 행복을 주는 장소다. 시간적 여유와 금전적 자유가 부족할 땐 책과 영화 등을 통해 미술 작품 속 스토리를 상상하며 꿈을 꾼다. 작품은 물론 작가의 인생을 만날 때면 나는 그저 작품 앞에 존재하고 있지만, 또 한 명의 타인의 삶과 또 다른 우주에 둘러싸인 듯하다.

세계 최고의 아트페어인 바젤 홍콩 홍보 11년 차,

문의: art.marcomkorea@gmail.com

✒ 이승화

어릴 때, 동생과 둘이 떠난 배낭여행을 시작으로 여전히 도전과 모험을 즐기는 아기 둘 엄마. 아이와 조호바루 한 달 살기를 하며 여행작가 겸 유튜버를 해보려다 코로나로 실패함. 최근 14년 다닌 회사를 퇴사하고, 연고 없는 미국에서 사업하며 살아보기 도전 준비 중. 네이버에 잘맘(잘나가는 엄마) 블로그를 운영하고 있습니다.

http://blog.naver.com/ilovepink

ilovepinkcrystal@gmail.com

✒ 임복재

퇴직 후 걷고 보고 느낀 점을 쓰고, 쓴 글을 가끔 SNS(Facebook,

KakaoStory)에도 올리며 지내는 사람.

✒ 전비안

이루지 못한 아쉬운 꿈들 지금 하면 된다. 이 순간을 소중하게 즐기고 있는….

✒ 조용선

좋은 책과 함께라면 일상이 평화로운 국어 선생.
아주 가끔 일상을 벗어나 모험을 할 때가 있다.
물론 돌아올 곳을 확인한 후다.

✒ 진정

몰입할 거리를 찾는 귀차니스트.
침대 밖은 무섭지만 아무도 나를 몰라보는 곳에서 못 알아듣는 외국어 속에서 시간 보내기를 좋아합니다.